jabberwoc《ジャバウォック》

真田邪忍帖

Show Tomono Presents Illustrated by Gin

jabberwock

CHARACTERS

登場人物紹介

真田大介

さなだだいすけ

真田幸村の嫡男にして、
大坂の陣で散ったはずの〝生きていた兵《つわもの》〟。
この世ならざる者の力を身につけ、
因縁の深い〝十幽鬼〟と対峙する。

千姫《せんひめ》

豊臣秀頼の正室にして、
徳川家康の孫娘。
大坂落城の際に救出され、
本多忠刻に嫁ぐ。
秀頼の近習だった大介とも
深いかかわりを持つ。

あとら

千姫を守る一族に生まれた忍者の娘。
魔界戦国も乱世も経験したことがなく、
大介と千姫、“十幽鬼”との争いに
巻き込まれる。

目次《もくじ》

contents

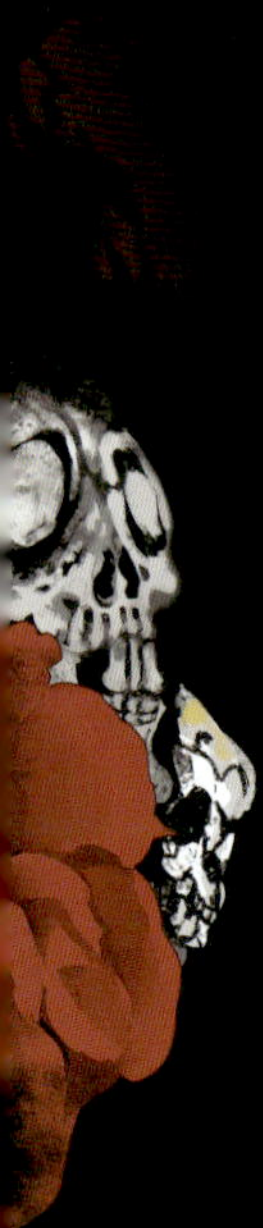

ジャバウォック
真田邪忍帖

友野　詳
Show Tomono

Heroless time is over.
I dare to ask you.
"Still do you have the Fang to bite?"

NOVEL
ZERO

イラスト●吟

序の幕

jabberwock

（泰平の世というやつには、いまだ慣れぬのう、どうにも）

思ったその時に、老練の武士は、あくびを噛《か》み殺《ころ》していた。

（……いや、案外そうでもないのかもしれぬ）

彼は苦笑いを浮かべた。

十数年前、魔界戦国の時代であれば、寝ずの番のさなかに、このような気のゆるみが生じたことはない。

かがり火に照らされた広い庭を見渡せば、要所に配下の若い武士たちがいる。彼らは、緊張のおももちでいた。

（泰平に慣れたのどうのというより、わしが歳《とし》をとったのかもしれんて）

十二で初めて戦《いくさ》に出て、いまの四十二になるまで三十年。第六天魔王によって、日の本に魔界が押し寄せてからも、堕《お》ちることなく純粋な人間の侍として戦い抜いた。関ヶ原《せきがはら》の合戦では妖狐《ようこ》の大将首を取ったこともあるし、西軍残党の南蛮吸血鬼の群れを狩ったこともある。大坂の陣では百人の兵を預かって、からくり仕掛けの巨人兵と戦った。

魔界戦国と呼ばれたそんな時代も、最後の大魔女が倒れた十年前、ついに終わった。あれからずっと戦は起こっていない。妖異邪怪があらわれることも稀《まれ》になった。

だが、骨身にしみついた習慣は抜けないものだ。何事もない夜でも、かすかな音で目が覚める。警護を命じられたいまは、眠気ではなく退屈であくびが出る。

配下の者たちには、あくびの余裕はない。中には、戦をろくに知らぬ若い者たちもいる。しかし、若者は戦を知らぬぶん、手柄に飢えている。

それに、いかに泰平の世とはいえ、我が家の奥方さまであれば、襲おうとする者がいないとは言いきれない。

複雑な事情を抱えた奥方である。輿《こし》入れのおりにも、騒ぎがあった。またあの時と同様に、この方は我が妻であると主張するやからが出現しないとも限らない。

他にありそうなのは、豊臣《とよとみ》家残党が何かの企てに巻きこもうとしてくるあたり。それにまた、高貴な方の血は、魔怪妖魅にとっても、美味《おい》しい餌だ。異境魔界のやからなど、豊臣残党よりさらに念入りに掃討されたとは言えど、十年はまだ、恐れを忘れられるほど長くはない。

近頃、あちこちで異形の者による騒ぎが起こっているとささやく者もいる。あまりにおぞましいことが行われ、出現した化け物があまりに強すぎるゆえに、襲われた側は無残な敗北を恥として秘してしまい、幕府も騒ぎが大きくなるのを嫌って覆い隠しているという、そんな噂《うわさ》さえあった。

もちろん、彼は、そのような与太話など信じていないが——。

（ではあっても、油断せず気をひきしめるのじゃぞ、森加之助常範《もりかのすけつねのり》。無双の化け物の噂が本当なら血奮いするというものじゃ）

――ありえぬような噂でも、眠気覚ましの役には立つ。

今夜はよく晴れており、夜空も月と星で明るい。だが、庭は灯火《ともしび》でさらに明々《あかあか》と照らされている。

ふつうなら、こんな夜にわざわざ仕掛けてくるのは、よほどの手練《てだ》れか、まったくの愚か者か、すべてを見失った血に飢えた化け物だ。

実際にやってきたのは、そのすべてを兼ね備えた相手。

「きききぃぃっ！」

奇怪な叫びが響いた。

ありえないほどの高く大きな跳躍で、異形の襲撃者が飛びこんできた。

奇怪な形状の人影が空に浮かんだのを、加之助をはじめとする警護の武士たちは即座に見上げた。同時に、加之助の命を待たず、飛び道具を持つ者らは、それをかまえた。

が、発砲には一瞬の躊躇《ちゅうちょ》があった。わざわざ奇怪な叫び声をあげて、正面から躍りこんできたことへの戸惑いゆえだ。

その時、人影の左右に、光の環《わ》がふたつ、ぽっと浮かんだ。光の環は、襲撃者が、左右の腕を大きく回したことで生じたものだ。てのひらが、光を発している。

「曲者《くせもの》……ッ！」

加之助が声をあげる。

警護の兵たちのわずかな躊躇はぬぐわれた。空中にいるうちに仕留める。必殺の決意をこめて、銃と弓が影に狙いをつける。

けれどその時にはもう、光の環から無数の流星が生じて、警護の兵たちを襲った。

庭にいた武士たちのうち半数が、流れ星に急所を貫かれて絶命した。人体を貫いた後、それは光を失った。そうなれば、ただの手裏剣だ。地面に突き刺さっている。

その上に、次々に死者たちが倒れこんだ。

彼らはことごとく、鉄砲などの飛び道具を手にしていた者たちだ。

異形の影は、音も立てず、その死骸のつらなる中央へおりた。

足裏より先に、拳が地面に着いたかもしれない。それほどに腕が長く、太い。背は大きく湾曲している。毛むくじゃらに見えるのは、毛皮の衣装をまとっているのか、実際に毛が生えているのか。

顔は、夜闇に隠れて判別しづらい。

が、白い歯だけが月光に光った。

嗤《わら》っている。

「すまんのう、あんたがた。なるべく無駄な血を流さにゃいかんのでなあ。わしら死に還《かえ》りが背負うた業《ごう》なもんじゃから、まあ許せやあ」

影は、おどけた声としぐさで言った。

「我が身を守っておいて、無駄な血とはふざけたことを言う」

加之助は、押し殺した声で応じた。

異形の影は、長い腕を後頭部に回した。ぽんとおのれの頭を打つ。

「ほい。これはしたり。まさに仰《おつしや》る通りじゃ。命を惜しむとは死んでおるのに情けないことじゃった。では……」

血光を帯びた目が、警護の兵たちをぐるりと見た。

「おぬしらを殺した後、抵抗できぬ弱い者らも皆殺しにするとしよう」

「おのれ……っ！」

怒りが、怯《おび》えをぬぐいさった。侍たちは怒りの声をあげ、加之助の命も待たず、敵へと殺到した。

「キキキキっ！」

影は嘲弄の笑い声をあげ、侍たちの間を跳ね抜けた。すれ違うたび、侍らの首すじから血がふきあがり、あるいは骨を捻《ねじ》り砕かれ、またたく間に十人が斃《たお》された。

「まだまだぁ！」

「我らを甘く見るな！」

誰もいまさらひるみはせず、ここまでをしのいだ者らが、最期の一撃をしかけ、そして反撃されていった。

「よくもっ！」

槍《やり》の名手が。

「うぬれっ！」

一刀流の達人が。

「ひぎゃうっ！」

柔《やわら》の使い手が。鎖鎌の達者が。棒術の練達が。十手術の武芸者が。多くの達人らが、次々に異形の影に挑み——。

しかし、あえなく敗れ去った。

槍は岩のごとき拳に叩き折られ、刀は毛皮にさえぎられて刃が食いこまぬ。

あらゆる技は凌駕《りょうが》され、武具はことごとく砕かれた。

時には嚙み裂かれ、あるいは小枝のようにちぎられた。

「奥方さま！　お逃げください……っ！」

森加之助常範が、奇怪な襲撃者に立ち向かう最後のひとりとなった。

だが、決してここを通らせぬという気迫は揺るぎもない。

この姫路本多《ほんだ》家の家中でも、手練れで聞こえた加之助が、手にしているのは神君家康公《しんくんいえやすこう》よりたまわりし破邪の剛剣、名づけて——。

めきり。

加之助が手にした銘刀は、いかような謂《いわ》れを持つのか、破邪にいかなる効力を発揮するのか、それは謎のままに終わる。

無造作に見えて、異形の影の動きは体術のきわみであったのだ。百戦錬磨の加之助をして、動き出しを見切ることもかなわなかった。

彼は打ち合うことさえできす、首をねじ切られて死んだ。

三十人がことごとく倒れた、その頃になって、ようやく屋敷の奥が騒ぎ始めた。

異形の影があまりに素早く、奥の者たちが気がついた頃には、もはや守り手はいなかった。猿のような笑い声をあげ、そして異形の影が舌なめずりする。長い。

「それでは、弱い者を皆殺しにいたしますぞ！　我が業のゆえ、許されよ」

許せと言われて、許せるわけがあろうか。

弱き者とあなどられて、そのままにせぬ。

怯えて黙って殺されるようでは、魔界戦国を生き抜くことなどできはしない。

たんたんたんと障子を開けて、だららららと足音響かせ、なぎなたをかまえた侍女たちが、庭から座敷へとあがる縁側へ並んだ。

「我ら、決して弱くはない。いいや、強いぞ。勢いと蕎麦打ちなら負けぬ！」

「おなごといえど、なめるなよ！　くせもの、通さぬ！」

侍たちの死骸を踏みにじりながら、異形の影はため息をついた。

「ああ、可哀《かわい》そうやら、もったいないやら。無駄な血を流せと、わしの芯がうずきおるでなあ。恨まんでくれよう」

まことにふざけた言いぐさだ。

女たちは柳眉《りゅうび》をきりりとつりあげ、決死のおももちで、一歩進み出る。

「どなたを見ても美形ばかり。生きておった頃なら、いかにちょっかいかけようか、工夫していたところじゃが。いまはただ、どう殺そうかと、それぱかり」

大きな口から、長い舌が垂れ下がり、視線ではなくその先端が、ぐうるりと女たちを睨《ね》めつけた。舐《な》めるように、と言うのだろうか、こういった場合も。

美女たちは怯えの色を浮かべつつ、一歩も退かない。

そのひとりが、微笑《ほほえ》みを浮かべて言った。

「ならば、下郎。これでもまだ殺したいかや？　……参るぞ、死能流護身術！」

ばあっと宙に舞う、色とりどりの華。

それは、彼女たちがまとっていた衣服であった。既に工夫がなされていたのか、一瞬にしておのが衣服をはぎとった。

夜目にも白い裸体の壁。冴《さ》え冴《ざ》えと光る白刃の砦《とりで》。男というものであれば、まずたいていは目を奪われ、あるいは立ち居振る舞いが不自由になるはずだ。

だが、異形の影には、裸身の侍女たちに対しては、わずかな隙も生じなかった。

「ああ、哀れな。わし以外の十幽鬼であれば、通用したであろうに」

異形の影が、悲壮な覚悟の、凛々しき娘たちの策を、一顧だにせず退けた、その時だ。

確かに、裸体に動揺はしなかった。けれど、注意はそちらにのみ向かっていた。

さすがの怪物にも、一瞬の油断があった。

「あたしにおまかせを！」

幼気《いたいけ》さを残した叫びは、潜んでいた床下に残った。

疾風より速い、可憐《かれん》な姿が、声が届くより先に、異形の影に届いていた。

黒い衣装に身をつつんだ忍びだ。豊かな胸と声からして、まだ若い娘であろう。

けれど、身ごなしは凄《すさ》まじい。

剣尖《けんせん》の速度は、家中随一の手練れ、森加之助をも上回っていた。

切っ先が、異形の影の分厚い胸に、深々と突き刺さった。

「思い知ったか！」

「うむ、思い知った。慢心、恥ずべし」

異形の影は可憐の影に応じた。

並みの人間ならば即死。

だが、突き刺されたのは化け物だ。毛むくじゃらの手が、刺さった忍び刀をむんずと掴《つか》んだ。刃《やいば》が喰《く》いこんでいるが、血さえ流れない。

「なかなかの天分。ここで潰《つい》えさせるのは惜しいが、だからこそ……」

「なめるなっ！」

恐怖とあせりを明白に声には滲《にじ》ませつつも、身体はひるまない。最後の砦を任じているのか、忍びの娘は、背後にいる裸身の侍女たちをかばうように正面に立ったままだ。しっかりと剣の柄を握り、それで長腕の化け物をつなぎとめられるつもりでもいるのか。

「どうにも未熟。踏んだ場数が足らぬのう。惜しい。だから殺す喜びがある」

異形の影は歯をむきだし、そして無造作に、刀を握った右腕をふりまわした。

切っ先が抜けた。やはり血は出ない。

剛力と速度。刀を手放す暇さえなかった。忍びの娘は持ちあげられた。五体が砕け散る勢いで、地面に叩きつけられ——る直前、こわばった手を開くのが間に合った。

「ほほう？　楽しいのう」

異形の影が、短い脚をふりあげた。

地面に落ちれば受け身をとって立ち上がれただろう。けれど、空中で強烈な蹴りを受ければ、力を逃がすことも間に合わなかった。

忍びの娘は、もんどりうってころがり、庭に生えた松の木に、背中から、したたかにぶつかった。はねかえって、地面に伏せる。それからぴくりとも動かない。

「まさしく、良き天分よな。十年前なら弟子に欲しかった」

異形の影はつぶやいた。

忍びの娘が、まだ生きていたからだ。空中で彼女は、開いた手から無数の糸を放った。異形の長腕を封じるためでなく、我が身にまとうために。もちろんただの糸ではない。蜘《く》蛛《も》糸に似ている、忍びの糸だ。

並みの刃なら斬ることもできない糸で、衝撃から身を守ったのである。

攻め一辺倒ではなく、防御に徹するべき時はそうできる、判断力。

「惜しい。実に惜しい。そういうものを潰す。それが楽しいと思えるようになってしまうたとはなあ。因果な我が身じゃて」

異形の影はとどめを刺すべく踏みだした。

忍びの娘を守ろうとして、侍女たちの何人かが、駆け寄ってくる。そのために、屋敷の奥へは通さぬ気構えの、鉄壁の陣にほころびが生じた。

そのほころびを通ったのは、外からの敵ではない。

内から、涼やかな声が通った。

「そこまでにしてくださいませんか、久方ぶりの出会いに免じて」

この屋敷の奥方が、姿をあらわしたのだ。

彼女が左右を見ると、侍女たちは隠れていてくださいとも言わず、膝をついた。

奥方は、美しかった。

その姿を見れば、あたりにたちこめる濃厚な血臭すら、ひととき忘れられた。端整さとあどけなさが、ほどよくまじりあい、永遠の少女とでもいうべき姿に結晶している。

鼻やくちびるは全体に小ぢんまりしているが、目は切れ長で黒目が大きかった。

眠りについていたはずの時刻だが、あでやかな打掛を身につけたまま。化粧は落としているが、そもそも不要な美しさだ。

彼女は、異形の影に対して、厳《いかめ》しげな表情を向けた。だが、声はあくまで穏やかだ。

「久しいですね……てっきり討ち死になされたものと思っておりましたよ。昔の縁に免じて、あとら……その娘と」

気を失っている忍びの娘のことだ。

「この女たちは堪忍してやってくださいませぬか。御用があるのは、このわたくしなのでしょうから、どこにでもついていってさしあげますから」

頭をさげていた侍女たちが、はっとして、そろって顔をあげた。

「まさか、そのような！」

「我らの命に代えても奥方さまは！」

悲鳴のような叫びをあげる彼女たちを、奥方は慈愛の笑みで沈黙させる。

彼女に逆らう者はいない。

どのようにしてか、完璧に侍女たちを統率している。

「美しく愛らしい、されど恐ろしい。……お変わりになりませんな」

「あなたは、ずいぶんと変わられましたね」

奥方は、襲撃者に笑みを向けた。

「まっこと、お久しゅうござる、千姫《せんひめ》さま」

異形の襲撃者は、これまでと打って変わった沈鬱な声音で、奥方の古い名を口にした。

天下に千姫と呼ばれるのは、十年前に落城した大坂城から連れ出された豊臣秀頼《ひでより》の妻、江戸幕府の開祖徳川《とくがわ》家康の孫、いまは大名本多家に嫁がされた、この女性しかおらぬ。

地位と財宝を求め、そして彼女そのものを手に入れたがった男たちに、多くの血を流させてきた女性だ。望みを絶たれて逆上した男に、彼女を狙われたこともある。

だが、この襲撃者は何を企《たくら》むのか。

「あなたが、わたくしを迎えにおいでになるというのは、どうしてです？　まさか、いまさら豊臣の旗を立てるおつもりでもないのでしょう、佐助《さすけ》どの」

その千姫が佐助と呼ぶ。

「よく、この顔でわしとおわかりですな」

「姿形は変わられましたが、笑い声は同じですよ」

異形の影は、おのれを呼ぶ名を肯定した。

ならばこの化け物は、豊臣家に殉じて散った真田幸村《さなだゆきむら》に仕え、勇士とたたえられた十人のうちのひとり、忍びの名人猿飛《さるとび》佐助ということになる。

けれども、姿も心も、勇士の呼び名にはふさわしくは見えない。

顔がようやく月光に照らされた。

ほとんどが剛毛に覆われており、わずかに毛がない部分は皮がはげ肉が腐り、ただれてしまっている。猿というより、猿の死骸。

「勇士というより、これじゃあ……幽鬼だ」

勢いと蕎麦打ちが得意な、筆頭侍女が、幼な子の口調でつぶやいた。

佐助は、おのが後頭部をひたひた叩いた。

「さようさよう。わしらはもはや幽鬼じゃ。じゃによって、もちろん豊臣なんぞはどうでもよろしい。わしらが欲しいのは、隠された黄金のほうですわい。千姫さま、ご存知《ぞんじ》のことがおありじゃろ？」

佐助が、ぼりぼりと身体を覆う剛毛の合間を掻《か》いた。

「申し上げたとおりにな、千姫さま。いまのわしは、生きてはおりませぬ。生きているように見えますが、死に還った身でござる。悪《あ》しき神を宿し、化け物となり申して、業にふりまわされ、無益な血を流すことが、世にある喜びとなりはてた幽鬼。欲しいのは姫さまだけでござれば、他の方々はことごとく」

言いかけた口を、急に佐助は閉じた。

千姫が、彼のすぐ前に出てきていた。

絶望しつつ、それでも仕える奥方を守ろうとしていた侍女たちよりも、さらに前に出ていたのだ。

押しのけられたはずの侍女たちですら気づかぬうちに。

「こちらも言いました。わたくしが欲しいなら、引き換えはこの娘らの命」

切れ長の眼《め》が、大きく見開かれた。

黒目がちな瞳が、猛々《たけだけ》しい猿のようになった佐助の顔を映す。

忍びの娘が、かすかに呻《うめ》く声がした。

瞬時の間があった。

「やれやれ、千姫さまの仰せとあれば仕方ありませんわい」

ため息をつく佐助に、千姫は、にこりと笑いかけた。

佐助の腕が、素早く動いた。

千姫と侍女たちは、急所を打たれて、あっさりと気絶した。

「殺す方が容易《たやす》いし、我が背負いし業はそうすべきじゃと騒ぐはずなのにのう。不思議なことよ。死に還ってからはじめて、ここが騒がぬわ」
佐助は、千姫をかつぎあげた。だが、まだ誘拐に成功したわけではない。
塀のすぐ外に、さらに深い因縁の相手が近づいていた。
かつて真田に仕えていた幽鬼たちを斬ることが可能なる、おそらくはただ一人の男が。

第一幕　還り来たりし我らなり

jabberwock

●1.●

ひとりの若者が、右目ひとつに鋭《するど》い光をたたえ、高い白壁を見つめていた。

手甲に脚絆《きゃはん》、袖なし羽織。旅塵《りょじん》にまみれているのに、不思議と清潔感がある。旅の武芸者、といった風情だ。

魔界戦国は終わっても、廻国《かいこく》修行の武芸者は、修験者や旅の僧と同じく、化け物退治の専門家として、どこでも歓迎される。

もっとも、近頃はめっきり魔界の眷属《けんぞく》が姿をあらわすことも減った。戦う相手がいなくなり、多くの武芸者は、武術の指南役として大名に抱えられることを目指しているが、人間同士の争いも絶えて久しい。

若者が見上げている白い壁は、大名屋敷のものだ。

姫路藩の江戸屋敷である。

しかし、どうすれば仕官できるか思案している、という風には見えない。

天に浮かぶ青白い月は丸く、星も大きく輝いている。

夜目の利かぬ者であっても、若者の顔立ちがはっきり見えるほどに明るい。

右から見れば秀麗だ。やや垂れた眉には人の好さげな印象もあるが、右目に宿る輝きは視野に捉えたものすべてを射抜く鋭さだ。

左から見れば精悍《せいかん》だ。左目を革の眼帯が覆っていて、そこからわずかに傷がはみ出ている。口もとは、皮肉っぽい笑みを浮かべていた。

風が吹いた。

血の臭いが、屋敷の中から運ばれてきた。

眼帯の若者は、不機嫌そうにつぶやいた。

「先んじられたか……ならいっそ、今度は手先じゃないといいんだが」

血の臭いは、かなり濃厚だ。

屋敷の中で、おそらくは数十人の血が流されている、と若者は嗅ぎ取っていた。

それがわかるくらいなら、特に珍しくはない。ほんの十年あまりまで、この日の本では、大規模な殺し合いが日常茶飯事だった。第六天魔王によって、異界の邪霊、妖魔鬼神が呼びこまれ、この国は大混乱に陥った。おぞましい怪物があふれすぎて、西洋諸国も侵略の手を出しそこねるほどであった。

大坂の陣を最後に、大規模な戦《いくさ》はなくなったが、斬りあい殺しあいはしばらくは多発していた。怪物に怯《おび》える者たちに雇われて、あるじを失った侍が食えてもいる。そんな時代である。

寛永二年だ。

西洋の暦であれば一六二五年。

この江戸に幕府が置かれて二十年と少し。

大名たちは、徳川《とくがわ》家に背く意思がないことを示すため、江戸に屋敷を建て、そこに正室と嫡子を置いていた。

この屋敷の主《あるじ》、すなわち播磨《はりま》国姫路藩主は本多忠刻《ほんだただとき》だ。徳川家の忠臣として仕え、大名としての領地を与えられた、譜代大名である。

そして、本多忠刻の正室は、例外的に、国元にいることも認められている。

千姫《せんひめ》と呼ばれるその人は、神君徳川家康《いえやす》の孫であり、大御所秀忠《ひでただ》の娘で、現将軍家光《いえみつ》の姉であるからだ。

だが、千姫はいま、この江戸屋敷にいる。

幼い我が子を失い、悲嘆にくれる彼女を、父である秀忠が、おのれの目が届くところに招いたのだ。

若者は、それを知ってここを訪れた。

千姫に用があったからである。

もしかすると、似たような目的の誰かに先んじられている可能性も考えていた。

そして、屋敷から濃厚な血臭を嗅いだ。

ただし、静まり返ってもいる。

もはや全てが終わった後か、それとも、無音のまま殺戮《さつりく》が進行しているのか。

「だとしたら、どうしたもんですかね、秀頼《ひでより》さま?」

何気なく口に出して問いかけてしまい、若者は、自分の肩越しに背後を見た。

むろん、そこには誰もいない。空《むな》しく、野が広がるばかりだ。

「……やれやれ。我ながら仕方ない……」

長年の旅を共にした主君は、もはやこの世にいない。

彼から最期に託された願いを果たすべく、若者はここに来ている。

もういないとわかっていても、ふとした時には問いかけてしまう。習慣は身に沁《し》みこんで、ぬぐえぬものだ。

「今から躍りこむか、それとも待ち伏せるか。なかなかに難しいところだが……しかし」

若者は、左目の眼帯をそっと押さえた。

心の奥底から、こんな声が聞こえる気がした。いまは亡き主君、秀頼が言いそうなことをまざまざと思い浮かべることができた。

(ここには、奥の身の回りを世話するおなごらなどもおるのであろうな、なあ? そういう者たちに何かあれば、奥は泣いてしまうであろうなあ)

女だろうが子供だろうが、見ず知らずの相手、それも徳川方……。とは思っても。

（悪いなあ、大の字。すまぬが、また頼まれてくれい。わしは不自由な身の上ゆえ。褒美とて出せぬが、どうかなあ）

幻の声が、胸の奥に響いてしまった。

こちらが断るなどとは、考えもしていない笑顔。

もういない相手に、わずかな時間、むかつく怒りを感じてから——長い長い吐息。

「行くか」

つぶやいて、しかし彼の足は動きださなかった。

ちょうどその時、白い塀の上に、音もなく人影があらわれたからだ。

腕が長い。だらりとさげた右腕は、拳の位置が膝より下にある。

左の腕も同じくらいに長く、力強い。ひとりの女性を軽々と脇に抱えこんでいた。

女性は気を失っているようだ。髪が長く、豪華な打掛をまとっており、夜目にかいまみえる白い肌に、その美貌が感じられた。

彼女をかかえこんでいるのは、忍びの者だろうか、黒い忍び装束をまとっているが、異形の姿だ。腕が長すぎるだけではない。肩が広い。胸も分厚い。広すぎて、厚すぎる。足は短く、外に湾曲していた。

人ではありえない形状の影であった。

だが、魔界戦国の時代をくぐりぬけた身であれば、恐れるほどでもない。

かつてこの若者は、身の丈が人間の倍はある狒々《ひひ》を退治したこともあるし、海を渡ってきた針紋《しんもん》鬼《き》なる妖術師と戦ったこともある。

若者が、つい発してしまった殺気を悟ったのか、相手もこちらに気づいた。

怪忍者は若者のほうへふりむくと同時に、ひとすじの怪光をその手から放った。

月光を照り返す、棒手裏剣だ。

光にも等しい、すさまじい速度。

剣が抜かれた。眼帯の若者の刃《やいば》がひらめき、そして金属をはじく音が、二度、響いた。

「へへえ?」

怪忍者が、面白そうに唸《うな》った。

その身体は、既に大地へと降り立っている。

千姫をさらってのけた、猿飛《さるとび》佐助《さすけ》、である。

佐助が、手裏剣を投擲《とうてき》したのは、跳躍の隙をつかれぬための牽制《けんせい》でもあった。

でもあったが、もちろん殺意は本物であったし、そもそも若者に避《よ》けられるとは思っていなかったはずだ。だから、唸った。

輝き目立つ手裏剣を囮《おとり》に使い、真の攻撃を影に沈める、そういう技であった。もうひとつの手裏剣を、並行して飛ばしていたのだ。

目立つほうですら、尋常な速度ではなかったから、凡庸な相手なら身体ごと投げだしてもかわせない。ましてもうひとつは、闇に染まるよう、刃をくすませてあった。

にもかかわらず、この眼帯の若者は、光と影、双方をはじき返してみせた。

若者と佐助が向かい合った。若者は、この時代の男としては、かなりの長身だ。佐助は、やや身長では劣るが、肉の厚みのぶんで、若者より大きく見えた。

「わしの影星を見抜くとは、若いのにたいした腕じゃ」

好々爺《こうこうや》然とした声であった。

「いやいや、俺もまだ未熟だ」

いまだ、相手を奇怪な忍者としてしか認識していないはずの若者は、恐れげもなく、右半面に苦笑いを浮かべた。

「いつもなら足もとに落とすか、できればあんたに向けて返しているところだ」

左半面の殺気が、怪忍者を打つ。

やんわりと力を受け止め、その場に落として素性を知る手がかりにするか、あるいは正反対に送り返して攻撃をしかけるか。

いつもならそうしていると、若者は言った。

よほど力量の差がある相手であろうと、そもそもが神技である。

だが、先ほどの手裏剣は、その自分であっても、はじき返すのが精一杯であったということらしい。佐助は、若者の口ぶりに、かすかな笑い声を漏らした。

「強がりおるのう。されど、そういうやつは面白い。嫌いではないぞ。どうじゃ、見逃してやるから、素直に道を開けんか？」

「おのが強さに満腔《まんこう》の自信を持つ、か。俺もそういうやからは嫌いではない。だがな、もっと好きなのは、そういうやつの自信を打ち砕き、上には上があるとしらしめて謙虚にさせることでな」

「ほっほう？」

佐助の自信には、先ほどの攻防でも手練《てだ》れの勢《ぜい》を一蹴してのけたという裏付けがある。

「謙虚、なあ？　ならねばどうする？」

眼帯の若者は、右の口もとを困ったように歪《ゆが》め、左に不敵な笑みを浮かべて言った。

「地獄へ落とす」

「面白い！　やってみせい！」

佐助の笑い声が宙に溶けぬうちに、その身が高々と舞い上がった。

その身ごなしの軽さ素早さをたたえるに、猿《ましら》のごとくという言い回しがある。かつて猿飛の異名を奉られたのはその動きゆえだが、いまは往年をもさらに上回る。

高々と、人の身の丈の三倍あまりまで跳躍が届く。

大地にではなく、星に向かって落ちるかのように。

そして夜空の一点で静止して、佐助は、右腕でぐるりと円を描いた。先ほど十数人の飛び道具使いを圧倒したあの術だ。

「忍法、乱れ星」

そして星が流れた。

無数に。

それは先ほども使ったきらめく手裏剣であった。どのように投げたものか、いやそもそもどうやって持ち運んでいたのか。無数の棒手裏剣を、佐助は同時に投げて、雨のようにふりそそがせた。

死の流れ星が、眼帯の若者を包もうとする。

屋敷内で使った時は光る手裏剣のみ。だが今度は、きらめきに隠れて、影の刃もまた同じだけ降り注いでいた。屋敷で十五人を一度に殺した量のさらに倍を、今度は一人を始末するために使ったのだ。

「此度《こたび》は配下ではありませぬ——間違いなく十勇士」

若者がつぶやいたのは、主君に報《しら》せる癖が抜けていないからだ。

同時に、右手の刀が、円を描いた。

特異な形状をした刀であった。南蛮の大剣にも似ている。刃に反りがほとんどなく、また長大でもあった。柄を中心に回転させるだけで、自分を守る傘を描くに十分な長さだ。

だがもちろん、それをやってのけるには、強靭《きょうじん》な腕、特に手首の力がいる。そして、飛来する手裏剣の間合いを見切る目もだ。遠近感を掴《つか》むのは難しいはずだが、若者はみごとにやってのけた。

佐助は、それを見て首をかしげた。

「はぁて、はて？　そのような形の剣に覚えはないが、剣をふるう動きのほうにには、何やら心あたりがあるような……」

彼は既に、広い野原にぽつりと立った松の、太い枝に着地している。

いかに太くとも、人がふたりぶんの重みを受け止め、葉が揺れもしないことは、ふつうならありえない。忍者の軽功《かるわざ》ゆえだ。

「こちらも手裏剣の技は知らぬが、猿飛の術は見たことがある」

「……さておぬしは？」

「……おまえらの配下、すべて掃除してのけた男だ」

声をかわして、あらためてかまえをとった。

佐助は、かかえていた女性――千姫を枝の上に座らせた。

ぐったりとしており、まだ意識を取り戻すようすはない。

「配下？　そのようなもの……」

いぶかしげに言ってから、何かを思いだしてぽんと手を打った。

「おお、そういえば。豊臣《とよとみ》残党を名乗るやつらに、海野《うんの》や甚八《じんぱち》が、あれこれそそのかしたり、術を授けたりしておったのう」

「軽く言ってくれるものだな。……何百何千が、そやつらのために死んだというのに」

告発しつつ眼帯の若者も、怒りに震えるというていでもないのだが。

「配下というか、目くらましに使っただけのやつらじゃが、あれのことか……おおっ、そういえば清海入道《せいかいにゅうどう》めがなんぞ言うとったなあ。では、もしや、おぬしは、きゃつらを討伐してまわっとったとかいう、二人組の一人か。知恵袋の相棒は死んだのか？」

佐助はひらりと大地に降り立った。千姫を預けた松の木から離れる。

眼帯の若者と、松と、そして佐助が正三角形を描いた。互いの距離は、常人の歩幅で、およそ二十歩あまり。

彼ら両者の体術を以《もっ》てすれば、常人の半歩にあたる動きで詰められる距離だ。

しかり。佐助は、間を空けず動いた。

ごうッ、と風が渦を巻いた。

佐助が巻き起こした風だ。

化け物忍者は、四つの影に分裂していた。

常識が予測させる動きを逸脱し、一瞬で動きを止め、あらぬ方へ移動し、注意をひいてはそらして、まったく異なる方向から同時に攻撃を受けているように錯覚させる。

「忍法……十字星ッ」

四つ身分身のふるう刃が交錯し、まさしく十字に輝く星のごとく。

誘いと惑わし、そして死角への移動を取り交ぜた高度な攻撃であった。

だが、この技もまた眼帯の若者は防ぎきってみせた。

どこからどんな攻撃が繰り出されるのかを熟知しているように、先回りして、怪忍者の忍者刀をことごとくその大刀《たち》で受け流してみせたのである。

からみあった両者の刃が、最後に一度ぶつかりあい、そして飛び離れた。

「その技は、かつて教わった」

「その防ぎは、かつて教えた」

声を重ねあうように、彼らは言った。

間髪を容《い》れず、今度は眼帯の若者が攻めにかかった。

動くとも見えずに動く。すり足どころか、足の動きさえ悟らせずに間合いを詰める。

その時、若者は刀を真横に寝かせ、肩と腕をひねって、一文字に肩に乗せるような姿勢をとっていた。

どこの流儀にもないかまえだ。

佐助が戸惑う。

「それは？　知らぬ？」

「仏蘭西《フランス》国流儀、貴人斬首刀」

貴き人と若者は語ったのであるが、佐助には鬼神と聞こえた。

人ならざるものの、首を刈る剣である、と。

「しぇええええぃッ！」

気合いとともに、刀がほぼ水平にふられた。

いや、ふりまわすというよりは、落とす。

腕の力でふるうのではなく、全身の重みをかけて、しかし『水平に』落とす。奇妙な動きであった。だからこそ動きはじめを悟らせず、そして疾《はや》い。

「うおおっと」

常の相手ならば、首を断たれているところだが、怪忍者は上半身をそらす動きだけで、かわしてのけた。

首を狙ってくると、知っていたからよけられた。

本当なら、紙一重の見切りで、若者が剣を振り抜いた直後に、反撃するつもりでもいたのだ。

けれど、そこまではできなかった。

かわしたと言っても、完璧にではなかったからだ。

佐助の額から血がしぶいた。その血が濡《ぬ》らすのは、皮膚ではなく剛毛。猿飛佐助の名を持つ怪物は、まさしく猿の顔をしていた。

驚愕《きょうがく》が動きを止めさせ、機を逃した佐助は、するするっと後退した。

眼帯の若者はそれを追わない。

若者の、左足の甲に、小さな棒手裏剣が刺さっている。退くと同時に、怪忍者が放ったものだ。足止めである。

今度は十歩の間合いをとって、怪忍者と若者は、互いを見つめた。

「その太刀《たち》筋は知らぬ」

「その見切りは知っている」

眼帯に覆われていない右目が、佐助の顔を見つめた。

佐助は、血をぬぐった。顔から、毛が抜けた。変化の妖術でも心得ているのか、人に近い顔つきになる。あちこちの、腐瘢やただれは消えないが。

若者の目が、かすかに大きくなった。

「おぬしが生きているはずはないと思うていた。配下を名乗った者らが、真田《さなだ》の名を騙《かた》っただけだろうとな。なにせ、その身に巻きつけた火薬で敵もろともに吹き飛んだのを、俺はこの目で見たのだ――佐助……っ」

猿飛佐助。日の本一の兵《つわもの》真田幸村《ゆきむら》がもとに集った異能の集団、人呼んで真田十勇士の、その筆頭であった忍者だ。


「うぬう……」

その十勇士は、徳川家と豊臣家の決戦、この国最大の魔術戦争であった大坂夏の陣において、ことごとく討ち死にした。

はずなの、だが。

ここにいる。

猿飛佐助は、異形の姿となってはいるが、ここにこうして存在している。

「ははっ！　織田信長《おだのぶなが》公が魔界の扉を開かれてよりこちら、外道魔道に堕《お》ちてこの世に舞い戻る死者の話なぞ珍しくもありますまい。……じゃが――大介《だいすけ》さまのほうは、そういうわけでもなさそうですな。ちゃんと生きておられるようじゃ」

猿飛佐助は、眼帯の若者を懐かしげにそう呼んだ。

真田十勇士の佐助がそう呼ぶ相手は、この日の本にひとりしかおらぬ。彼らを率いた武将、すなわち真田幸村が嫡男、真田大介。

佐助は、がくんと首をかしげた。

「秀頼公が生きているとか、左衛門佐《さえもんのすけ》さまが生きているとか、いろいろ噂《うわさ》が流れておりましたが、大介さまがご無事という噂はなかったので、我らすっかり諦めておりました」

「我ら、か。やはり、おぬしだけではないのだな。そして黒幕は父上ではない」

大介の言葉に、わずかな安堵《あんど》がまじっている。

「父上抜きとはいえ、十勇士だ。容易な敵ではないと覚悟はしている」

「敵と、覚悟と仰《おつしや》るか。いやはや、お気が早い」

「というわりには佐助、おぬしの殺気もいまだまったく衰えておらんぞ」

十年ぶりの主従の再会である。

大介にとって佐助は、父の配下であるばかりでなく、体術や剣の師でもあった。

だが、二人の間に流れるのは、懐旧の情ではなく、濃密な殺気。

十年という月日によって、情が消えたわけではない。

情は有る。ただ、それを超えてなすべきことが、それぞれにあるだけのこと。

戦国という時代を生き抜いてきた、男がふたりだ。

互いを想《おも》う情と、なすべきことの区別はつく。

ここにたどりつくまでに、もはや決意は固めてきた。

「はじめ、おぬしらが生きているかもしれぬと知った時には歓喜した。だが、おぬしらの手先と称するやつばらが、おのが力に溺れてはしゃぐのを叩きつぶすうち、すでに以前のおぬしらとは別人になっていることに気づいた」

「さよう。以前とは違いますぞ。悪神の力を得て、外道魔道に堕ち、死に還《かえ》った我ら、かつてとはまるで違う。左衛門佐さまがおられずとも、世に名を轟《とどろ》かせるに足りますわい」

「言っただろう、佐助。そういう思い上がりを、打ち砕くのが好きなのだ、と」

足の甲に刺さった手裏剣を抜きつつ、真田大介は言った。

「キキキっ！　これでもそう申されるかな」

佐助の長い腕に、さらなる筋肉が盛り上がった。忍び装束が内から引き裂かれ、剛毛に覆われた腕があらわになる。抜け落ちた顔の剛毛も、ふたたび生えた。

猿は猿でも、大猩々《しょうじょう》か妖獣か。後の世の人であれば、ゴリラかオランウータンと呼ぶかもしれない。

「いかがかな？　これでもまだ勝負なさるか、大介さま」

「真田の者が、化け物から逃げたことがあったか？」

右半面に嘆きを浮かべ、左半面から吐き捨てる。

大介は、わずかなひるみも見せなかった。

「何度でも。勝てねば身をかわし策を練り、勝てるようになってから挑むのが左衛門佐さまのなさりようでありましたが」

諫《いさ》めるような佐助の言葉に、大介は、不敵な笑みを浮かべて返した。

「勝てねば逃げよ、と父上は仰せであった。つまり、勝てるなら逃げずともよい道理だ」

大介が、あらためて大剣をかまえなおす。

「しかしなあ、佐助。おぬしとて、たかが死んだ程度のことで、魔に屈するとは情けない話と思わぬか」

「大介さまが申さるることも、ごもっともと存ずるが、なにせ死んでおりますと身動きが取れず、この世に還れという御沙汰《おさた》に、逆らうもままなりませんでのう。こうして死に還った上は、もうどうしようもござらぬ」

語るうち、その巨大な拳に、小さな光がいくつも宿り始めている。

その光は、ブブブという小さな音を立てていた。虫の羽音に似ている。聞いているだけで不愉快になる奇妙な音だ。

「重ねて申しておきますが、ただの魔物ではなく、悪《あ》しきものとはいえ神の力を授かってござるでな、容易に勝てると思いなさるな。また、我らは、もはや十勇士にあらず。あえて名乗るのであれば……」

改めてむきだされた、牙のごとき佐助の歯が、夜目にも白く光った。

「さしづめ真田十幽鬼。そして、わしは、猿飛アマツミカボシ佐助と呼ばれておりまする」

言い終わると同時に、佐助は、両の腕《かいな》を真上にふりあげた。大きくなったてのひらが向かいあい、大きな球でもつかんでいるかのような形になった。

大介の知識に、かろうじて『アマツミカボシ』という言葉はあった。

この国の神話に登場する悪神の名だ。

神を二つ名に名乗る忍者が、憐みの笑みを浮かべて大介を見た。

「のう、大介さま。わしらと一緒においでなさらんか。ここにわしが来ると考えられたからには、千姫さまをさろうたわけも、お見通しでありましょう」

「……外れていて欲しかったがな」

大介は、こくりとうなずいた。

「豊臣家が遺《のこ》した黄金の塊。俺が隠した、あれであろうが」

佐助が大きくうなずいた。

「しかり！　大介さまが生きておられるなら、千姫さまに尋ねる必要もない。隠し場所を御教示くだされ。それを手にすれば、ふたたびこの世は乱れ、無駄な血をいくらでも流せましょう。いや、無駄な血を流すはわしの望みじゃが、大介さまとて戦国の男。泰平など暮らしにくくはございませんか」

「……ま、多少はな」

大介が苦笑いを浮かべると、ここぞとばかりに、佐助はまくしたてた。

「我らみな、死に還りてそれぞれに業《ごう》を背負うております。苦しゅうて仕方ないのです。業をぬぐいさるのに、是非ともあの黄金が入り用でしてな。いまさら、滅びた豊臣への忠義立てでもございますまい。わしらと一緒においでくだされ。お父上ゆずりの軍略あらば、天狗《てんぐ》に団扇《うちわ》、鬼に金棒、鷲獅子《わしし》に知恵とでもいうべき」

生と死の世に別れる前の、師弟であり主従であったころの声音で、佐助は乞うた。

大介はうなずいた。

「もちろんだ、佐助。忠義など知ったことではない。俺が尽くすと決めたのは、豊臣家ではなく秀頼さまだ。そのお方もいまは……ない」

声には、苦みがにじみでる。

「おお、では、大介さま！」

勢いこんだ佐助を、今度は大介が憐みの瞳で見つめた。

迷いはどこにもない。

「いまの俺は、忠義など知らん。この俺を友と呼んでくださった方が亡くなられた時に託された最期の願いはな、隠した黄金を、他の誰にも渡すなということであった。それまでは殉死でさえも許されん」

声の苦みは重々に増してゆく。

「忠義ではなく友誼《ゆうぎ》のためにと、秀頼さまが申された。すまぬな、佐助。おぬしらとの絆《きずな》は、そちらが死んだ時に切れたものと、俺はもう覚悟をしたのだ」

大介の右手が、剣の切っ先を佐助に向ける。

切っ先に、迷いの気配はかけらもない。

「死ぬのにふさわしい場所を見つけるまでは生きる、と約束してしまってなあ。くわえて、道を外れることもできんのだ」

右の半面も左の反面も、静かな決意をあらわにしている。

「なるほどなるほど。それでは我らとは相容《あいい》れぬ。我らが母ぎみさまが、どうしても豊臣の遺した黄金が、この世を魔界に還すために必要と仰せですのでなあ」

「母ぎみ？」

「おっと、口がすべりましたわい」

佐助は、ぽうんとおのれの後頭部を叩いた。

「聞かれた上は、大介さまとて殺さねばなりませぬ」

殺気が尖《とが》る。

心を刃の下に置く――。すべての情を律するのが、忍者の本分である。なすべきことがあっても心が律しきれぬ時は、無理やりにでもでっちあげてでもわけを作り、おのれを追いこむ。

秘密をあえて漏らすことで、大介を殺す決意を固めたのだろう。

そんな旧友に、大介は静かな声で呼びかけた。

「佐助よ」

左手の指先が、左目を覆う革の眼帯に触れた。よく見れば、そこには不可思議な紋様が刻みこまれている。いずこのものともしれぬが、文字のようにも見えた。

「おぬしが使うその芸だが、実は、俺のほうもいささか似たようなものが使えるようになっておってなあ」

びゅうと、真田大介の足下で、風が渦を巻いた。

見る見るうちに、風が力を増してゆく。

烈風をまとう剣士と、妖光を放つ忍びとが、睨《にら》みあう。

「最後にもう一度だけお尋ねしますが、大介さま、本当に、どうしても、わしらと一緒には来てくださらんので？」

「豊臣の隠した黄金をあきらめることはできるのか、おぬしら」

大介は、左の奥歯をぐっと噛みしめつつ、問いに問いで返した。

さらなる返答は、ない。

「できぬのでは、話にならん。あれを封じる使命を果たすことが、いまは俺のすべてだ」

小さな竜巻が生じて、大介の足下で踊っている。頭上では、黒雲が垂れこめ、渦巻きはじめてさえいた。

革の眼帯の奥から、青白い光が漏れている。

「なにゆえ、そこまで……などとは問いませぬ。わしらの、殺したい壊したいも、なにゆえと問われても困りますからな」

小さな星々が、佐助からこぼれ落ちる。それが触れた草が、炎を発する暇もなく灰になった。

佐助の両手に、細長いひし形の刃を持つ武器があらわれた。短剣としても、投擲武器としても使える、クナイと呼ばれる忍び武具だ。

佐助がその扱いを得意としていたことを、大介も知っている。少年であったころの大介は、これをふるう佐助に稽古をつけられ、一度も勝ってはいない。

だからといって、次の言葉が出たのは、彼が怯えたからなどではない。

「おぬしのほうこそ佐助、おとなしくその首さしだして、安らかな眠りにつく気はないか。豊臣の黄金を誰の手にも渡らぬように封じた後、出家して菩提《ぼだい》を弔うてやるぞ」

「あいにく、首を落とされたくらいでおとなしゅう眠らせてくれるほど、我らが母ぎみは甘いお方ではござらんので」

竜巻と邪星が、じりじり近づいてゆく。

覚悟を決めたと言い、絆はもはやないと言い、口に出してはみても、そうそう捨てきれるものではない。ほんのひとかけらの未練が、互いの胸の奥底に残っている。

「あら、どうなっているのかしら？　佐助さん、約束は守ってくれたんでしょうね。侍女たちの命は助けてくれた？　なら約束通り、ついてはゆくけれど」

樹上にいた千姫がふと目覚め、佐助を問い正した。

真田大介と、地獄から来た化け物《ジャバウォック》たちの、壮絶な死闘の幕開けを告げたのは、千姫のその言葉であった。

無数の唸る光と、つんざく風が、激しい勢いでぶつかりあった。

巨木が、か細い草のように舞い上がる。それが大介の風だ。

えぐられた大地の土が、乾いた草のように燃え上がる。それが佐助の星だ。

「やるようになりましたな、大介さま！」

「褒めている場合か、佐助！」

伸びてきた巨腕をかいくぐり。

大介の長剣が、横一閃《いっせん》で、佐助の首を薙《な》ぎはらった。

●2.●

伊賀《いが》出身の忍び集団、いわゆる伊賀同心は、いまや公儀隠密《おんみつ》として再編成されつつある。

戦国の世において、情報収集、後方攪乱《かくらん》、そして暗殺といった裏仕事をこなす忍者は、重要な存在であった。

最終的に天下を取った徳川。その勝利を裏で支えてきた忍者集団、伊賀衆は、その実力において天下一と目されている。

腕や規模において、彼らを上回った者たちは、既に滅ぼされるか、あるいは徳川に取りこまれてしまったからだ。

ともあれ、その伊賀同心を率いる服部半蔵《はっとりはんぞう》の屋敷が、今宵《こよい》、騒然としていた。

まず、当主である半蔵が泡を食っている。大慌てしている。そして、主人の困惑に、屋敷の者らがふりまわされていた。

大御所秀忠の娘、現将軍の姉が、どこへともなく連れ去られるなどという一大事が起こったのでは、それも無理はないが。

いまのところ、当事者である姫路藩の他に、千姫が誘拐されたことを知っているのは、この伊賀同心組だけだ。

伊賀同心は、大御所秀忠から、ひそかに千姫警護の任を命じられていた。

真夜中の交代に向かった忍びたちが、急ぎ戻ってきたのが、ほんのいましがた。

彼らの報告を聞いて、半蔵は顔色をどんどん青ざめさせていった。

「……その死骸、月之助らで間違いないのか？　きゃつの火術が使われたのは確かでも、黒こげになって見分けがつかなんだのなら、その死骸、敵の忍びだったやもしれん」

月之助は、千姫警護の役目についていた伊賀者たちを率いていた中忍だ。姫路藩にすら知らせず、屋敷の外に身をひそめていた。

すべて腕利きの忍びである。危地に陥れば何より逃げのびることを考える。それが一人も残さず全滅していたという知らせは、とうてい信じられるものではない。睨みつけるように言ったが、配下の忍びたちは、臆することなく首を左右にふった。

「黒焦げの死骸が八つ。数は合うております」

「しかし、あの火術を得意とする月之助が炎で斃《たお》されるなぞ……」

半蔵はなおも食い下がったが、配下は落ち着いた声で答えた。

「蓮華香が焚《た》かれておりました」

そう聞かされて、半蔵が、渋い顔つきになった。

蓮華香は、伊賀の忍びのうちでも火術を得意とする者が、死を覚悟した時に焚く香だ。

自分を殺した相手に、その香りを移して、味方にこれが敵だと示す。

「ならば下手人《げしゅにん》はいずこじゃ。千姫さまの居場所もわかろうが……っ！」

半蔵が、ぐっと身をのりだした。

対して、戻ってきた配下の忍びは、初めて申し訳なさそうに顔を伏せた。

「で、ありますが……奇怪なことに犬丸《いぬまる》さえ匂いをたどれませず……」

嗅覚の鋭さゆえに、犬の異名を与えられた忍びである。

彼が追えないなら、本物の犬でも嗅ぎ当てられはしないだろう。

「どうなっておるのだ、いったい！　なぜいまさら、千姫がさらわれる？」

主筋への敬称も忘れて叫んだ半蔵は、握りしめた扇を、音を立ててへし折った。怒りに、配下の者たちが平伏する。

半蔵を襲名して、伊賀同心の頭としては三代目になる、正就《まさなり》である。もはや還暦も間近な皺《しわ》深い顔に、さらに多くの皺が刻まれた。特に眉間が深い。

「半蔵さま。みなも参りました」

さらに怒鳴りつける前に、障子の外から声がかかった。

呼吸を整え、半蔵は声を落ち着かせて応じた。

「うむ。広間に集めておけ。すぐに行く。おぬしも来い、雷天《らいてん》、頑十郎《がんじゅうろう》。皆の前で、もう一度、いまの話をしてもらうぞ」

一報を聞いた半蔵は、配下の中忍や小頭たちから手の空いている者を呼び集めさせていたのである。半蔵屋敷の大座敷に、十数人が集まっている。それぞれが、また十数名ずつの下忍をまとめる腕利きたちだ。さまざまな優れた忍者集団や、妖術師や魔物との戦いを生き残ってきた猛者である。

伊賀者の多くは、諸国の大名を探るために飛び回っているが、江戸にも、豊臣の残党や怪物から幕府要人を警護するため、かなりの数が残っていた。

頼もしい面々、であるはずなのだが、彼らにもいささかの動揺が生じていた。

千姫警護の任についていた者たちは、江戸居残り組からのえりすぐりであったからだ。

「千姫さま警護の姫路藩の手練れもまた、ことごとく討たれておりました。急所を手裏剣で貫かれた者、首を折られた者など、侍のやりようではございません」

「千姫さま付きの侍女らは生き残っておりましたが、大猿のごとき化け物にさらわれた、としか申せることはない、と」

そろった小頭たちの前で、姫路屋敷から戻った雷天、頑十郎らの伊賀者たちが、おのれらが見てきたようすを改めて告げた。

「つまりは、いまだ妖怪か邪神人のたぐいが生き残っておったということか……」

小頭の誰かがつぶやいた。

それを否定する者はいない。忍者にとって、いや、彼らのみならず、魔界の侵攻を受けた戦国時代の住人たちには、化け物の存在は自明のことだ。

「いかな化け物であろうと、我らの伊賀忍法あらば、立ち向かうこともできよう」

いかな半蔵とはいえ、勝てるとは断言しない。

その程度には、人ならざるものと戦ってきた経験がある。

「ところで頑十郎、話を聞いた姫路藩の者らはちゃんと口を封じたのであろうな？」

半蔵は、かすかに眉をひそめて問うた。

極秘裏に警護についていたこと、姫路藩にすら知られるわけにいかない。ましてや、しくじったことは、かなう限り、内密にせねばならぬ。最も知られてならぬのは、柳生《やぎゅう》一門や甲賀《こうが》組、根来《ねごろ》組といった同じ徳川家に仕える隠密組織だ。江戸幕府はまだこれから形作られてゆく。同じ役目の者らは、格付けされ評価され、無駄なものとみなされれば切り捨てられる。いまは隠密筆頭の伊賀組とはいえ、しくじりひとつでころがり落ちることもある。大御所になるべく早く知らせぬわけにはいかなかろうが、それをのぞけば当事者の姫路藩にすら伊賀者の関与を知られるのはまずい。

「夢麿《ゆめまろ》の瞳術《どうじゅつ》にて、我らのことは忘れさせております」

頑十郎は、かしこまって返答した。

「ふん、甘いことを……」

半蔵は不機嫌そうにつぶやいたが、それ以上は、目撃者について何も命じなかった。

瞳術とは、目を見ることによって相手の意識を失わせたり、心を操る忍法の総称である。夢麿は、自害を強要できるほどの使い手だ。殺すより確かだと、半蔵も思った。

そもそも配下たちとて、もはや戦国の世ではない、という思いがあるから、かつてなら命じられるまでもなく行っていた口封じを、このような形にしたのであろう。

戦が絶えて十年。武士のみならず、忍びもまた、心のありようが変わっているのだった。

半蔵は、気持ちをあらためて、集めた配下たちをぐるりと見回した。

ひとり、にやにや笑って何か言いたそうな顔つきの男がいる。けれど、半蔵は目を合わせないようにした。声をはりあげる。

「話にあった大猿の化け物、誰ぞ心あたりはないか？」

小頭たちはしばらく沈黙した。やがて、姫路藩屋敷から戻ってきたうちの、雷天が口を開いた。年長で、関ケ原以前からいくつもの仕事をしてきた男だ。

「猿といえば秀吉の異名でござるが……。わしの若い頃には、伊賀に柘植《つげ》の大猿なる達人がおりました。あとは……真田の猿飛佐助も、顔は猿に似ておりましたが」

雷天は、顔にある古傷をなでた。

「しかし顔だけの話ではなく、腕が長く、毛むくじゃらであったということでしたしね」

もうひとりの報告者、頑十郎が、生真面目に応じた。くだらぬことを言うなと怒鳴りつけかけていた半蔵が声を呑《の》みこんだ。咳払《せきばら》いして、言葉を変える。

「忍びではなく、やはり化生《けしょう》妖物のたぐいか……」

「かもしれませぬ。屋敷内は人のわざの範疇《はんちゅう》ではございましたが……」

雷天が、見たものを思いだしたせいか、一瞬、口ごもった。幾多の妖戦を経験した男にとっても、衝撃的な光景だったらしい。

「屋敷そばの野原が、異様なありさまになっておりました。地面は、草も木々も根こそぎ引き抜かれたようすでしたが、実際には、その多くが灰となっておりました。いったい、何があったのやら」

「……強いて推し量れば、大竜巻の来襲に続いて、小さな炎の塊が乱舞しますれば……あのようなありさまになるかと」

雷天の報告を、頑十郎が補足する。

「忍法で出来るようには思えません。外術左道、あるいは妖術魔法のたぐいかと」

「……だからというて、このまま手をこまねいておるわけにゆかぬわっ！」

服部半蔵は、いらだった表情で、配下の者たちを睨みつけた。

「肝心なのは千姫さまじゃ。殺されたのではなく、連れ去られたので間違いないな？」

半蔵が、きしむような声で言った
「少なくとも、生き残った女子供らは、そう申しておりました。その者らの命を助けるのと引き換えに、おとなしゅう化け物の腕に身をゆだねられた、と」

返答が終わるや否や、半蔵は怒号をあげた。

「ならば、することは決まっておる！　ただちに千姫さまを見つけ、御救《おすく》いしてこぬか！」

「ははっ！」

小頭たちが、一斉に平伏する。だが、まだ動かない。なにせ、手がかりはなにもないのだ。動きようがない。

もちろん、半蔵とて手立ては思いついていないが、無能な怠け者にはそれなりのやりようというものがある。

「頑十郎、雷天！　幻也斉《げんやさい》と相談して、手配りをせい。他の者は三人の指図に従え。よいな。夜明けまでには動きはじめよ！」

事件の知らせをもたらした二人の小頭と、策を練るのが得意な長老格、あわせて三人の配下に、丸ごと放り投げた。

「承知つかまつりました、半蔵さま。では、みなの衆、あちらで相談つかまつろう」

命じられることを予期していたのだろう。名指しされた総髪の忍者、幻也斎《げんやさい》が促すと、伊賀者たちは広間から退出した。

いや、がらんとした大広間の真ん中に、ただひとりだけ残っている。

「おぬし、なぜ行かぬ……」

半蔵が渋い顔つきになった。

先ほども、にやにや笑いを浮かべていた忍者だ。

いまは、神妙な表情でいるが、頭領に対してまったく臆するところがなかった。

ごく普通の忍び装束をまとっており、貫録としては、小頭の相談役をつとめる、年功を重ねた下忍、というところだ。こめかみから太いもみあげにかけての髪が真っ白で、それだけとれば初老くらいの歳《とし》に思える。だが、顔のしわは少ない。どちらかといえば整った顔だちだ。しかし、苦み走ったいい男というには、やや愛嬌《あいきょう》が勝る。

あとひとつ、他の忍者たちと異なる、目立った特徴がある。

左の手と左の足が、金物造りなのだ。

そのわりに立ち居振る舞いに不自由はなさそうではあった。金属の手ながら、指も自在に曲がっている。

「なぜ行かぬ、四貫目《しかんめ》」

苦い声で半蔵が言った。

そっぽを向いている。嫌っているというより、怯えている風であった。

「これは、並みの事件とは違いますよ、半蔵さん」

のんびりとした声で、四貫目が言った。

「そのようなこと……！」

怒鳴りつけようと振り返ったところで、半蔵はぎょっとして口をつぐんだ。

四貫目の顔が、鼻がぶつかりそうな間近にあった。

目を離した一瞬で、広間の真ん中から目前にまで、間を詰めてきたのである。

完全に視界から外していたわけではない。なのに動く気配すら悟らせなかった。

「そんなに驚かんでもいいでしょうに」

四貫目が、はっはと笑う。

「距離が近い」

「ああ、こりゃ悪かったですね」

言われた四貫目が身体ごと後ろにさがっても、半蔵の顔つきはますます渋くなるばかりだ。横目で睨みつけて、ねちねちした声で言った。

「その言葉遣い、どうにかいたせ。頭領への敬意というものが足りんぞ」

「他の者がいる時は、ちゃんとあんたの顔を立ててあげますよ。今回はいつもよりヤバい気がするんですよ、多少の礼儀にこだわっちゃられないくらいにねえ」

見た目に比して若々しい、というより、同じ時代、同じ身分の者たちと明らかに異なっている言葉遣いだ。

「ていうことだから、この事件にどう対処するかですぜ。カンですが、こりゃ幕府も揺らぎますね」

四貫目が、今度は左の義手を、半蔵の鼻先に突きつけた。

「う、ううむ……どうせいと言うのだ。また六百年先の未来がどうとかいう話なのか……」

半蔵は、心底からうんざりした声で言った。

「そういうことになりそうですよ、この通りね」

四貫目が、義手の拳を開いた。

金属製のてのひらに、水晶の板が埋め込まれている。その水晶板で、小さな光がいくつも明滅していた。

「時空歪曲《わいきょく》の計測値が大きく変動してる……ってもわかんないでしょうが。歴史が捻《ね》じ曲《ま》げられようとしてる」

「だから、その意味がわからんというのだ」

半蔵は、四貫目の義手を目の前から払いのけようとした。半蔵の右手が空を切る。

四貫目は、涼しい顔で、左手をふところに戻している。

「時の流れには復元力があるし、多少のことなら真実とフィクション……嘘《うそ》の合間に埋め込んでしまえる。しかし、千姫のような後世に名を残す人物の生死となると、これはなかなか難しいわけでね」

「わしも名を残すはずなのであろうが！　このことで、わしも狙われたりはせんのか？」

半蔵が声を裏返すと、四貫目は苦笑した。

「だから、あんたのそばでこうして、死なないように先々のことを教えてきたでしょう」

「……おまえのそれは、本当にわしの命を守ろうとしているようには思えぬ」

「現実を見ましょうや。私の助言なしでは、あんたはとっくに伊賀同心支配の座を失っていたはずですぜ。私の与えた遠耳貝《とおみみがい》なしで、伊賀組は隠密一番手になれましたかね？」

四貫目に言われて、半蔵の顔にますます渋みが増した。

確かに、腹を切る羽目になりかねなかったしくじりを、この四貫目の忠告でまぬがれたことは何度もある。この水晶板の占いによって、四貫目はこの世の行く先が見通せることを、信じないわけにもいかなかった。

その四貫目が、半蔵には理解しきれない言葉を続けた。

「ようやく、織田信長が魔界の存在を召喚したなどというとんでもない出来事を、歴史に埋もれさせるめどがついたんだしな。このまま徳川泰平の世を続けて、魔王信長なんてのはラノベかアニメに出てくるだけの、架空の出来事にしてしまわなきゃいかんのですよ」

「ええい、またわけのわからぬ天竺《てんじく》の寝言を」

半蔵は、恨みがましい目つきで、四貫目を睨みつけた。

「で、今回はどうすればいいのじゃ。いまから、幻也斎でも呼び返すか？」

伊賀同心随一の軍師は、四貫目のことを一応は把握している。

だが、四貫目は首を左右にふった。

「いまのところは、千姫を取り戻す方針でいいと思いますよ。私は単独で動くんで、黙認するようにみんなに言っといてもらえりゃいいです。ただし、万が一の時は私の指示に従ってもらいますけど」

「ことごとく、いつものことではないか。わしが何を言おうと好きにしよるくせに……」

半蔵が、げんなりとため息をついた。

「幻也斎たちの邪魔だけはするな。あと、遠耳貝はたっぷり作りおいていけ。そして、くれぐれも、いいか、くれぐれも、よそにこのこと、知られぬようにな」

半蔵は、鬼の形相で念を押した。だが、四貫目のほうはけろりとしている。

「私たちが秘密にしたところで、姫路藩が幕府に知らせれば同じこと。気にしても始まりませんって」

肩をすくめて四貫目が言う。

「気にするわっ！」

声をあげてから、半蔵は鼻をふんと鳴らした。

「姫路藩も、知らせなどせぬわ。大事な奥方がさらわれたなど、決しておおやけにはせぬ。

とりつくろうて、おのれらだけで取り戻そうとする。本多忠刻というのは、そういう男よ」

見下したような半蔵の物言いに、四貫目はからからと笑った。

「なるほど。つまり、あんたによく似た性格ってことなんですな」

「きさまっ」

半蔵がたまりかねて怒鳴りつけた時には、四貫目の姿はもう広間から消えており、ただ彼の、はははははという笑い声の残滓《ざんし》だけが響いていた。

● 3. ●

夜は明けかけて、空は紫に染まっている。

森を、影が跳んでゆく。

枝から枝へと跳び渡っているのは、千姫を背負った真田大介であった。

侍のはずが、並みの忍びを遥《はる》かに超える跳躍術だ。まさしく猿飛び。佐助に学んだ軽功の体術であった。

背負った千姫とあわせて二人分の体重を感じさせない、
この術の要諦は、実は足腰ではない。眼力である。飛び移る先の枝が、本当に自分の重みを支えられるか、それを見極める力があるかどうかなのだ。

跳躍力としては、並みの忍びに匹敵する程度でしかない大介が、樹上を軽々と跳び渡るのは、この眼力による。

片方を奇怪な眼帯で覆っていても、細部を見取り、間合いを読む能力には、かつての少年時代から、いささかの衰えもないようだ。いや、むしろ上達しているかもしれない。

この時代、江戸は拡大の一途《いっと》をたどってはいるが、まだ後年の巨大さには達していない。市中からわずかに離れるだけで、人家もほとんど見当たらない森が広がっている。

その森のただなかを、真田大介は跳んでいた。

いずこを目指しているのか。

彼に残された右目は、次に向かうべき直前の枝しか見ていないようであるが……。

「これ、大介どの」

耳もとに息がかかり、甘い匂いがした。

「お目覚めになりましたか」

前方を見つめたまま、大介は冷静な声で応じた。

「先ほどから、ずっと起きておりますよ」

千姫は、ふふふっと笑った。

「高いところは怖いので、目を閉じておりました。大介どのの背は、安心ですから」

「さようで」

千姫の声は甘やかで、大介の声はそっけなかった。

「あの顔をしていますね」

千姫が、くすりと笑った。

「……あの、とはどういう顔です」

聞き流せばいいのに、つい尋ねてしまう。

「わたくしにからかわれた時の、いつもの顔です。口をへの字に曲げて、目だけきょろきょろと秀頼さまを探している顔」

「子供のころの話です」

そう言った大介の口は、確かにへの字に曲がっており、右目は泳いでいた。

「むっ」

「あら」

次に踏んだ枝が、ぽきりと折れた。

そのまま落ちかけたところを、幹を横に蹴って跳ぶ。

向かいの木の幹を蹴って斜めに跳ぶ。

もう一度跳んで、地上に降りた。

大介は、ふうっと息をついた。

その間、大介に回されていた千姫の腕は、力を強めもゆるめもしなかった。

いまさら樹上に跳びあがる必要もない。大介は、千姫を背負ったまま、森の中を歩きはじめた。攫《さら》われてきたはずの千姫は、その身を、大介にゆだねている。

「夜も明けましたね、そろそろ、おなかが空きました」

「陽《ひ》がのぼると朝餉《あさげ》、でしたな。千姫さまは」

木々の合間を行くうちに、空はすっかり明るくなっている。

「朝のお支度を手伝うのが、茜《あかね》の役目。そのために茜を起こすのが俺でありました……」

大介は、感情のこもらない声で言った。

「あの頃は、ご自身のこと、拙者というておられましたのにねえ。まだ前髪も落とさずにおられて、なんともかわいく……きゃっ」

大介は、いきなり大地を駆けだした。千姫は、どこへ行くのかと問うこともない。しばらくはそのまま背で揺られていた。

——が、やがて何かに耐えかねたように、言葉をしぼりだした。

「旦那さまは……いかがなされています?」彼女が訪ねたのは、いまの配偶者である本多忠刻のことではない。

千姫が、これほどに細い声で、凛《りん》とした響きをとろかせた声で、旦那さまと呼ぶのは、最初の夫である秀頼のみだ。

それを大介は知っていた。

十年以上前、大坂の城で、妹ともども身のまわりにいたころと、この女性の本質は何も変わっていないことも、いま知った。

だから、言いたくはなかった。

けれど、言うしかなかった。

「身罷《みまか》られました、三月前になります」

大介は、主君は死んだと告げた。

声が、少年時代の無垢《むく》さを取り戻していた。

千姫は何も答えない。大介は、背から伝わってくる震えを、足運びを乱雑なものにすることでまぎらわせていた。

足取りが乱れれば速度は落ちる。やがて背のふるえがおさまり、足運びが軽くなる。大介が走りはじめ、そのうち飛ぶように、という形容がふさわしい速度になったころ、千姫が、つかまっている指にきゅっと力をこめた。

「大介どの？」

「はい？」

昔と同じ調子の呼びかけに、大介も素直な口調で応じた。

「泣きたいのですが、泣けません」

声に秘められた哀《かな》しみが、大介を棒立ちにさせた。

「いまの旦那さまもおられるはずです」

秀頼と別れさせられ、実家である徳川に連れ戻され、他家へ嫁がされた。最初の夫に貞操を貫くなら、出家するかそれともいっそ自害すればよかったのだと、口さがない者は言うだろう。

だが、大介は知っている。

いまここに千姫が生きているのは、そうするように秀頼が願ったからだ、ということを。

自分と同じに、生きて果たさねばならぬ役目を背負わされたのだ。

大坂城からひそかにおちのび、かくまわれた先からも逃げ出して、諸国を放浪していたころに、秀頼が言ったことがある。

『あれがまだわしの嫁であった頃、わしがよそで子を作っておったのに、千が嫁いで新たな子をなしたとて、どうして責められようか。あれは、どのような屈辱を感じようと生きていてくれる。それがわしへの想いのあかしなのだ』

大介は、千姫を背からおろした。

彼女は身をふるわせ、うつむいている。

『身の貞操など、いかほどのものでもない。肉のまぐわいは、心を伝える手段にすぎぬ。心を慰めあうには身のまじわりは役に立つしな』

秀頼はそうも言っていた。

「千姫さま」

大介は、彼女の前にしゃがみこんだ。

千姫が顔をあげる。あどけない乙女のような顔で、瞳が揺れていた。いまだ、涙はこぼれない。くちびるはひきむすばれ、泣き声はない。

であるがゆえに、彼女の哀しさを、大介は感じとった。

自分と同じであったからだ。

十年という時を、大介は、秀頼とともにした。大坂からおちのびたおりに、秀頼は重い怪我《けが》を負っており、いつ死んでも不思議はないほどに、身体に病をかかえていた。

それでも、かくまってくれた島津《しまづ》家で、おとなしく養生しておれば、天寿をまっとうできたかもしれない。

だが、秀頼は、豊臣の残党たちの蠢動《しゅんどう》を抑えて、天下の泰平を維持するために、放浪の旅をすることを選んだ。徳川への恨みは、すべて捨ててのことだ。

大介自身、泰平を受け入れるのにこの十年かかった。秀頼の中にどれほどの葛藤があったのか、想像しても及ばぬと彼は感じている。

その秀頼は、おのれの後始末という使命をほぼ終えたと感じて、いまから三月前、眠るように逝《い》った。

哀しかった。

彼の最後の願いさえなくば、死んでしまいたいほどに。

だから、千姫の気持ちは痛いほどによくわかる。

大介もあれからまだ、泣いたことがない。

「姫さま」

大介は、千姫のくちびるに、おのれのくちびるを押しつけた。

千姫は、大きく目を見開いた。大介の胸に手を当てて、押し返そうとはしたが力はこもっていない。かえって、甘い吐息を、大介の口腔《こうこう》に満たすだけになった。

口を吸い、舌をさしのべる。はじめは逃げ腰だった、千姫の舌だが、大介の慰めの気持ちと、彼の秘めた同様の哀しみを感じたのだろう。受け入れた。いっぱいに溜《た》まった唾をまぜあわせ、互いの舌をすみずみまで確かめあった。それが、互いの哀しみをまぜわせることになった。

どちらも、下半身に熱いものをたぎらせはじめている。

くちびるを放した時、千姫はひとりごとのようにつぶやいた。

「大介どのも、あの人に焦がれていたのですね」

はりつめていたものが、とろけかけている。

それに直接答えはしなかった。

「拙者が、泣かせて進ぜます」

俺ではなく、かつての少年の頃のように、大介は自分を拙者と呼んだ。

千姫の着物に手をかける。抵抗はもうなかった。まろび出た乳房は、そこからこぼれる乳のように白く、まん丸で、先端にだけ鮮やかな赤が飛び出ていた。

大介がそれをくわえると、千姫は顎をのけぞらせ、切ない吐息をあえがせた。

もう一方の乳房を、大きな大介の手が乱暴にもみしだく。

母としてたっぷり柔らかいのに、すべらかな手触りは処女のようだ。

千姫は、もつれあいながらも手をのばし、大介の袴《はかま》の紐《ひも》をほどいた。屹立《きつりつ》したものをその手で掴み、おのれの中へ導きいれた。すでに、なんの抵抗もないほどに濡れそぼっている。薄い体毛をかきわけ、突き入れると、ぎゅうっと強い力で出迎えられた。

しっかりと奥まで届いて、大介が不規則な律動で、おのが気持ちを言葉抜きで伝え始めた。千姫は、肉の震えでそれに応《こた》えつつ、繊細な指先に精妙な動きをさせ、大介の後ろをまさぐった。くちびるを重ね合い、大介の手は千姫のあらゆる箇所を探った。

「いますね……秀頼さまがそこに、あなたの内側に。こうするとよくわかる……」

「……やはりおそろしい方です、姫さまは。泣かせてください、拙者のことも」

つながりあって、彼らは互いの哀しみを流しこみあった。やがてそれは膨れてはじけ、外へと流れ出た。嘆きの声は快美の叫びと重なりあい、どちらがどちらかわからぬまま、彼らの涙がすべて解き放たれた。

――追手がかかる危険も高い中、それをしている場合であったかどうかといえば、彼らには必要なことであった。

とても長い時をかけていたようにも、二人には思えていたが、実際には、さほど長い時間ではなかった。

心のまじわりが濃密すぎて、そう思えただけで、まだ太陽はさほど昇っていない。

しばらくは緑のしとねに横たわり、そのまま眠ってしまいそうな気配だった。けれど、千姫のたいらなおなかが、形のいいへその奥で小さく、くうと鳴った。

「腹がへったと申しておられましたな」

大介はおもむろに立ち上がり、全裸のままで跳んだ。手には、剣がある。まぐわいのさなかも、彼は左腕しか使わず、それをたずさえ続けていた。

空中で抜刀。一閃させて、枝を断ち、二閃させて葉を散らした。渦巻く葉が広がる、その中央に降り立つ。

「朝のお食事、これでいかがで」

剣先に、あけびの実が刺さっている。

「御所望とあらば、川魚を獲《と》って進ぜますが」

間近から、川のせせらぎが聞こえている。

「はい。御所望でございますよ」

嬉《うれ》しそうに言いながら、千姫は身を起こした。

「では、わたくしは水浴びなどさせていただきましょう」

二人の言葉遣いも態度も、木々の枝を飛び渡っていた時と変わらない。

着物を簡単にはおって河原に来て、千姫はいまさらながら、突き出た岩の向こうへ姿を隠そうとした。哀しみを肉の身で慰めあったとて、水浴び姿を見てよい仲になったわけではないようだ。

「周囲にはお気をつけを」

千姫のほうを見もせず、川魚を狙う大介がぼそりと言う。

彼女は、くすりと笑って応じた。

「見張りに来なくてよろしいのですか？　わたくし、このまま逃げるかもしれませんよ？」

脚力、飛翔《ひしょう》力、そして眼力。もちろん、どう工夫したところで、千姫が逃亡できる望みは、万に一つもない。

もろもろ、ややこしく考えてはいたが、口に出してはこう告げた。

「なさりたくば、ご随意に。俺は、姫さまのなさることを止められた覚えがありません」

千姫は、足を止めて、小さくため息をついた。

「まったく、大介どのはずいぶんと意地悪がうまくなりましたのですね」

「何がです」

いぶかしさを声ににじませながら、大介もふりむいた。

「だって、そうでしょう。子供も産んだ、こんな年増《おばさん》になったわたくしを、昔と同じに姫などと呼ぶのですもの」

「何も変わってなどおられません」

大介は顔をそむけて、口の中でだけ言った。顔が赤くならなかったのは、先ほど味わった柔らかさの記憶とあふれた哀しみに中和されたおかげだ。

「逃げないので、安心してください。大介どのがわたくしのところにやってこられたのは、旦那さまから何か言いつけられたからでしょう」

「……本当に姫さまにはかないません」

ふりむきざま、川に向かって放った手裏剣で、イワナを一尾、仕留めた。

さっき切り落とした枝は、幹につながってはいたが立ち枯れ同然だったものだ。素早く何本にも断ち割りへし折って、焚き木《たぎ》にする。

火を点《つ》けるのにも、適した忍び道具がある。忍者ではない大介だが、使い方も作り方も叩きこまれていた。

しばらくして、千姫が戻ってきた。ともに、きちんと衣服を整える。

「これでは森の中で不自由ですね。なんとか工夫せねば」

千姫は、自分の打掛をあれこれと、くくったり折りたたんだりしている。

大介は、河原を掘って焚き火を起こし、大きな葉を折って簡易な鍋を作って湯をわかし、そして即席の串に刺して川魚を焼きはじめていた。

旅に、それも野山を行く旅に慣れていることをうかがわせる手際だった。

千姫のために、またさらに何本かの、葉が豊かな枝を切り取り、座りやすくする工夫までしていた。

戻ってきた千姫は、そこにちょこんと座った。

この時代の女性としては、決して背の低いほうではない。長身の大介に及ばぬまでも、高貴の女性として貫禄《かんろく》を効かせるに足りる上背はある。立ち居振る舞いに子供っぽさがあるわけでもない。むしろ優雅だ。

なのに、擬音を使うと『ちょこん』と表現されてしまう。

不思議な女性であった。

「さて、魚も焼けました。骨に気を付けておあがりください」

大介は、焚き火で焼いているイワナを手渡した。

千姫が嬉しそうな顔でかぶりつく。先ほど、大介のくちびるや胸、もっと下まで吸ったくちびるは、この時も赤く柔らかそうだ。大介が、一瞬、それに気をとられた時だった。

「あれ？　おまえさんたち、こんなところでどうしたんだね」

森の樹間から、若い娘の、のんきな声が聞こえてきた。

「お侍さんとお姫さんが、こんな山ン中で。いったいどうされたのかね。道に迷いでもしたんか？」

近在の里に住む、農民の少女だろうか。日に焼けた色の顔を、木々の間からのぞかせている。

千姫が、ちらりと大介の顔色をうかがった。

「そのようなところだ」

口もとに微笑《ほほえ》みを浮かべて、大介はうなずいた。

「だが、案ずるな。あとは川沿いにくだってゆく」

そして、くいっと顎をしゃくった。

立ち去れ、ということだろう。

「うむ。そうなさい。案じてくれるのはありがたいですが、気づかうには及びません。わたくしには、この者がついておりますから」

千姫も言った。

森から出てきた少女は、きょとんとした顔になった。だが、すぐに大きく歯を見せて笑った。白い歯が、朝日に煌《きら》めいた。

「この川を下るのは無理だよ。先のほうで滝になっとるでな」

小柄な少女が、森から河原におりてきた。顔だちはあどけないが、胸の豊かさからすると、少女という年ではもうないのかもしれない。

粗朶《そだ》を束ねて背負っている。森で集めてきたのだろう。まだ暗いうちから拾ってきた、ということか。

「案内してやるよ。なんなら、粥《かゆ》くらいは食わせてあげられるよ。ああ、でも、そっちの美味《おい》しそうだなあ。御馳走してくんないかい？」

少女は、無警戒なようすで近づいてくる。

「いいえ、けっこうです。なんとでもなりますから、とっととお帰りなさい」

千姫がぴしゃりと言って、少女が困惑の顔を見せる。

その時にはもう、少女は、千姫と大介まで五歩程度にまで近づいており――。

大介が抜刀した。

同時に走る。間合いを詰める。地に散っていた木の葉が舞い上がる。

ほとんど一動作で、少女の細い首へ、首刈りの太刀が迫り……。

が、それは中途でひるがえって、少女と大介の中間あたりで、虚空を薙ぎ払った。

きらきらと、朝日に、ごく細い鋼線が輝いた。

少女は既に、後ろへとびすさっている。両手を地面について、這《は》うような姿勢をとっていた。まるで土蜘蛛《つちぐも》のような。

農民らしい衣は脱ぎ捨てて、身体にぴったりとした奇妙な服があらわになっていた。後ろで束ねた髪が風に流れている。

彼女が、汚れた顔をぬぐうと、日焼けすらも取れ、真っ白になった。同時にあどけなさもぬぐいとられ、研ぎ澄まされた殺意が宿った。

「あたしの忍法絡新婦《じょろうぐも》が……」

少女がつぶやいた。

「敗れたな」

大介が応じた。

あたりまえのできごとであるかのように。

「姫路藩に仕える忍びか」

少女に、そう訊《たず》ねた。

「違う」

少女、いや女忍者は応じた。

「土蜘蛛一族、奈茶ヶ衆《なちゃがしゅう》の頭領あとら。仕えているのは藩ではない。姫さま……奥方さまにだ。我があるじを、すぐに返してもらおうか」

その言葉には、はっきりと信念があり、気迫があった。

姫路藩の屋敷で、佐助に気絶させられた少女である。骨が何本か砕けていて不思議のないところだったが、糸の防御で重傷はまぬがれたのだろうか。どうにかして、千姫のゆくえを突き止め、追いついてきたのだろう。

「あとら、わたくしは大丈夫よ。この大介どのは、古い知り合い。わたくしにならば危害をくわえないけれど、容赦のない人だから、あなたは……」

「奥方さま！　あたしを案じてくださいますな！　大事なのは奥方さまです！」

千姫の言葉を最後まで聞かず、あとらと名乗った忍びの娘は、悲鳴にも似た声をあげた。

その時は、少女の純粋さが、また彼女に戻っていた。

「容赦ないと仰せでしたね？　そんな残虐な男のところに、姫……奥方さまを残してゆくなど、ありえません！　あの猿もいつ戻ってくるか」

「あとらや。そうではないのです。佐助と、この大介どのは敵同士」

「ならばどうして、姫さまを連れて逃げたのですか！　さあ、悪党でないなら、すぐにあたしに姫さまを返せ！」

激昂《げきこう》した少女は、もう奥方と言い直すことも忘れている。あとらは再び大介に目を向け、澄んだ瞳で睨みつけた。

「残念だったな！　奥方さまには、あたしの糸を巻きつけてあったのさ。土蜘蛛一族が千年かけて紡いだ糸の秘術、思い知ったか！」

「追いついてきたのは確かに感心したが、攻めの糸は断ち切ったぞ」

「……むぐ」

あとらが、悔しそうにくちびるを歪めた。

蜘蛛の姿勢をとったままで、大介に尋ねてくる。

「おまえ、いつからあたしが忍びと気がついていた」

「葉を踏む音がしなかった。もっとも、音がしたらしたで、そこまで計算ができる手練れかもしれんと疑っただけだ。この十年、御主君《ごしゅくん》以外を信じたことはなくてな。どちらにしても斬っていた」

右目に冷たい光を宿して、大介は答えた。

「斬った⁉ あたしが本当に、そこらの娘だったら死んでいるぞ！」

「死ねば、花でも手向けて菩提を弔ってやったろうな。だがな、そもそもが、このあたりに住む者らは戦ですさんでいる。見ず知らずの相手に、うかつに手をさしのべる間抜けはいない」

「……ひねくれ者か、それとも人の心を信じられぬ鬼か」

あとらは、蔑みの目を大介に向けた。

もちろん、大介のほうはまったく意に介していない。

忍び娘は、どこからともなく小ぶりの鎌を取りだし、左右の手にそれぞれかまえた。蜘蛛から、カマキリに変わる。

這うような姿勢のまま、地面を滑るように素早く移動した。

低い攻撃への対処を学べる武術は少ない。

あとらは、大介の脛《すね》に左右から斬りつけた。

「ほう」

少し感心した口ぶりで唸りつつ、後ろへ跳びすさった大介は、あとらのうなじへ容赦ない斬撃をふりおろした。

河原の石が砕け、刃から火花が散った。

刃こぼれはない。

「姫……奥方さま、ここはあたしが」

ふたたび間合いを取りつつ、あとらは、背後の千姫に向かって言った。少し、冷静さを取り戻したようだ。

巧妙に動き、同時に動かして、千姫と大介の間に割りこんでいる。大介が感心した声をあげたのは、その意図を見抜いていても、移動を許さざるをえなかったからだ。

少女忍者あとら、若さに比べて、腕はかなりのもののようだ。

彼女は、千姫に向かって言葉を重ねた。

「こやつはあたしが足止めをいたします。お逃げください」

「無駄ですよ、あとら。わたくしの足では、どう頑張っても追いつかれます」

千姫は、立ち上がろうとする気配すら見せなかった。

「つまり、そなたが負ければそこまで。ならば、余分に疲れることもないでしょう」

千姫の言葉を聞いて、大介の口もとがほころんだ。

「さすがは夫婦。同じようなことを仰る」

それを聞いて今度はあとらが眉をひそめた。

「おまえ、本多の家臣か？」

「そんなわけがなかろう」

苦笑交じりに応じた大介は、大きな石がごろごろところがる河原を、大股で駆けた。

地に伏せる姿勢のあとらをめがけて、刃を振り下ろそうとした瞬間、大介が踏んでいた石が、ぐいっと抜き取られた。

あとらが、絡ませておいた糸を引いたのである。

土蜘蛛一族が秘伝の糸だ。処女の髪と蜘蛛糸を、一族のみに伝わる秘薬を使ってよりあわせる。その強靭さは鋼を超え、しなやかさは絹に勝るという。

さらに、独自の編み方によって伸縮性を増し、指先のわずかな動きで操ることができるのだ。

あとらは、おのれの髪を使っている。なじみやすく、自由自在に操れるからだ。

踏みしめる足もとの丸石を抜かれて、さすがの大介も手元が狂った。

もちろん、ころんだりするようなことはないが、振り下ろされる刃に、わずかな遅滞が生じた。あとらが期待したほどではなかったろうが。

それでも鋭敏に反応はする。

伏せた姿勢そのままで、ふわりと空に舞う。

「承知ッ！」

という、あとらの返答は、先ほど千姫が『そなたが負ければそれまで』と口にしたのに対するもの。つまりはそれを『勝て』という意味だと解釈した。

「忍法……乱れ髪ッ」

あとらは、大介のわずかな隙をついて、宙高くへ跳んでいた。空中はむしろ不利。落ちるだけになった時、自由がきかない。だが、あとらとて、もちろんそれを考慮している。

ぐるんと頭をひとふりすると、後ろで束ねた髪にまぜてあった蜘蛛糸が宙に広がった。

これが乱れ髪か。

大介と刃に絡みついて、動きを封じる。

並みの相手であれば、これを使って首を絞め、あるいはへし折ることもできよう。

しかし、大介にはそれでは足りぬと、あとらは判断をしたらしい。

「必殺……風車ッ！」

跳躍した空中で姿勢を変えることはできない相談ではなかろうが、変化の度合いは限られている。けれどその限界を、あとらは超えた。

絡みつけた蜘蛛糸の伸縮性を利用した。さらにとっさに大介がふりあげてしまった刃の、その刀身を蹴ることで、常識外の動きを可能にしたのだ。

彼女は、そのくびれた腰を中心に、おのが身体に渦を巻かせた。

風車の名のごとく。ただしこの場合、子供が遊びに使う風車ではない。風車手裏剣という武器がある。差し渡しが三尺を超えようかという、大型の車輪状手裏剣だ。

あとらの肉体そのものが、手裏剣のごとく回転して、敵を襲う。

両手にある鎌が立て続けに。

まずそこまでは、敵も予測しうるだろう。

しかし、つま先に短刀が飛び出し、それが微妙なずれを生じさせたまま襲うとまでは推察しうるか。まず、できない。

ゆえに、大介がそれを回避したのは、攻撃を読んだからではない。

風に逆らわなかったからだ。

回転は風を巻き起こす。それ自体が、あとらの技における攻撃の一環でもあった。巻きあげた土砂が目つぶしになり、あるいは敵の手足にまとわりついて動きを邪魔する。

しかし、大介は風に逆らわなかった。

動きが風を生じさせ、吹いた風が大介を押す。流れた大介の動きを、あとらが追うが、追うほどに風が大介を遠ざけてゆく。

だが、大介はただかわすだけではない。

あとらの攻撃が行きすぎた後、彼女の動きを追う風もある。

それを導きとして、今度は大介の刃が、あとらを追いかけた。

「バカ……なッ！」

あとらの驚愕の声は、脇腹をしたたかに打たれて、一度は途切れた。

背から落ちて、河原に叩きつけられる。

「あ……かはっ」

胸の息をすべて吐いて、あとらの動きが止まった。

あとらを両断できなかったのは、大介の刃に、彼女の蜘蛛糸が巻きついていたからだ。

くわえて、彼女が、その蜘蛛糸を使った胴着を、下衣として着こんでいたからでもある。

「よく頑張った」

冷たい声で言って、大介は刀をふるった。

既に、蜘蛛糸はまとわりついていない。とどめを刺されるものと、あとらは覚悟した。

だが、大介の刃が切り裂いたのは、身に巻きつけた糸だけだ。

動きの邪魔にならぬよう固定されていた乳房が、ぶるんと飛び出した。

「……これは驚いた」

「そんなことで感心するな！」

顔を真っ赤にして、あとらは怒鳴った。

大きな乳房は、彼女にとってはかえって劣等感のもとなのだ。

「おとなしく帰ればよし、そうしないなら……死ぬより辛《つら》いことになるぞ」

大介は馬乗りになった。あとらは、背を地に着けて倒れている。むんずと乳房を掴むと、大きめの彼の手からも、はみだした。

ふだんの彼らしくもないこの脅しは、先ほどの森での興奮が、熾火《おきび》のように残っていたからかもしれない。

「そのような恥辱。女の忍びは我が身も武器。覚悟はできている。抱くなら、おまえをあたしの身体の虜《とりこ》にしてや……やっ、やめんかあああっ」

大介に、股間へ指を差し入れられて、あとらは、ぼろぼろと涙をこぼした。

「おぬし、忍びなのに未通女《おぼこ》か」

大介の顔に、わずかな躊躇《ちゅうちょ》と同情がよぎったが、彼はすぐにそれを打ち消した。

「忍びなら覚悟はできているとはよく言った。だが、これ以上、つきまとわれるのも厄介だ」

大介が、ふたたび刀をふりあげ——。

「そこまで。あとらを嫁にするなら仲人してあげますが、殺したら、お願いを聞いてあげませんよ」

という千姫の声が割って入った。穏やかな口調だが、芯が固い。

「姫……奥方さま！　あたしの命乞いならいりません！　というか、嫁とは何を⁉」

叫ぶのが、あとらの精一杯だった。

いくら千姫が止めたといっても、大介本人は、発する殺気を寸分もゆるめていない。

あとらが逃がれようとしても、あるいは逆に再び攻撃を仕掛けようとしても、先んじて彼女の首を刈れる。

あとらの蜘蛛糸とは比べるべくもなく張りつめた緊張の糸。それをゆるめたのは、千姫の、腹の虫の可愛《かわい》らしい鳴き声であった。

あとらが出てきたおかげで、朝飯を食べそこねている。

「……かないませんな、千姫さまには」

大介は、殺気をゆるめた。

「やめるのか。よかったな、相討ちに持ちこんでいたところだ」

あとらは、食いちぎってでも、というふうに歯をむき出した。糸切り歯が大きく長い。死を覚悟した時に、恥辱の涙は消えている。

「負けん気の強い娘だな」

「まだ続けても、あたしはいいんだぞ」

あとらが、糸を使う指先をぴくりと動かしたのを、大介だけでなく、千姫も見逃さなかった。

「そこまでですよ、あとらも。大介どのを死なせたりしたら、わたくし、怒ります。これは本気ですよ」

あらためて千姫に叱られると、見る見るうちに、あとらから戦意が失われていった。

本当に千姫さまを慕《しと》うておるのだな——と、そう感じた大介だが、刃を向けてくる限りは関係ない。左目がちりちりとするのをこらえて、刃を動かさない。

「大介どの。何か、わたくしにして欲しいことがあるのでしょう？　刃を引いて、ご飯を食べさせてもらえないとお話も聞けません」

「しかし……っ」

声をあげたのは、もちろんあとらのほうだ。

「負けたのだから、これ以上、わたくしの決めたことに文句は許しませんよ。その代わり、帰れとも言わせません。このままついておいでなさい」

「そういうことでしたらッ」

あとらは、今度こそ戦意を押しこめた。大介を睨みつけてはいるが。

「俺が頼むわけではないですが」

大介は、あとらから視線を外さないまま、千姫に答えた。

「秀頼さまの……御遺言《ごゆいごん》です」

と、しぼりだすような声で大介が言う。身を起こしたあとらが、きょとんとした表情になった。忍者のくせに、素直な感情を顔に出す。背の衣をつくろう糸が止まっていた。

「はい？　それはいったい？」

きょとんとしたまま、大介のことを忘れて、千姫に目を向けるあとらである。

「前の旦那様といえば……もう十年も前に。なんでこんなにたってから」

言いかけて、さすがに気がついたらしく、バツの悪そうな顔で口を閉じた。

「あとら、三か月前に亡くなられた方の遺言を果たすなら、別に遅くはないわ」

「えっ？　三か月、えっ？」

戸惑うあとらをひとまず放置して、千姫は、大介をまっすぐに見つめている。

ならば、いまこの時に話しておこうと、大介は思った。

「俺が、豊臣家が所持していた大量の黄金塊を、秀頼さまの命である場所に隠したのは、千姫さまもご存知《ぞんじ》のはず」

「えっ」

あとらが、いちいち声をあげるが、大介も千姫もかまってやらない。

「秀頼さまは、俺と千姫さまに、黄金の秘密を託された。俺は場所」

「はい。わたくしが鍵ですよ」

「ええっ、それはどういう⁉」

あとらが青ざめた。そこへ大介が言葉を重ねる。

「鍵をかけたといっても、それほど厳重なものではないですがね」

「えええっ！　もしや、大介。きさまは、それを使って豊臣を再興をしようとでもいうのではあるまいな！　世を乱す、そのようなまねは、このあたしが……！」

「落ち着いて、あとら」

千姫は、彼女の狼狽《ろうばい》を、ころころした笑いとともにたしなめた。

「旦那さまがもうおられないのですもの。無理な話というものでしょう、それは」

寂しげな微笑みを浮かべた千姫に、大介は冷徹な瞳を向けた。

「とは思わない阿呆《あほう》もおりましょうし、豊臣家に縁もないのに使いたがる阿呆もおりましょう。ですので、今の隠し場所から取り出して、誰の手も届かない海の底か地の底へ、沈めてしまえというのが、秀頼さまの御遺言でございます」

「え〰〰っ！　もったいないいっ」

あとらの叫びは、今度のがいちばん大きかった。

「豊臣家がためこんだ黄金といえば、何百両！　いえ、何千両⁉」

「桁がふたつかみっつほど違うぞ、この阿呆」

言われて、ぽかんとした顔で、指折り数えはじめたあとらの姿を見ているうちに、大介から殺気がするすると抜けていった。

「確かにもったいなくはないかしら」

千姫も首をかしげた。長い長い髪が、さらりと流れる。

「ほうっておけば、いつか千姫さまに難が及びます。豊臣の黄金とあれば、一国くらいは犠牲にしても手に入れたいと思う者もおりましょう」

本音なのか、それとも黄金封印を手伝わせるための脅しなのか。

自分でもよくわからないまま、大介は口にした。

「だからこそ、秀頼さまは、始末するように俺に申しつけられたのです」

「本当かしら」

一瞬、千姫が目を細めた。大介は、正面から彼女の視線を受け止める。

「……天下国家の一大事を、わたくしひとりのことに縮めてしまわれるあたり、旦那さまらしいと思うけれども」

「むろん、ふたたび世を騒乱に巻きこみたくないというお気持ちが第一ですとも」

大介は、淡々とした声で言った。

千姫が、小さくため息をついた。

「……大介どのはすっかり嘘がうまくなられて」

うるんだ瞳に見つめられても、大介の表情は、ぴくりとも動かない。

「よろしいわ。どちらの理由にしても、わたくしはうなずくしかありませんものね。本多のお殿さまには、しばらく辛抱願いましょう」

「な、なにをおっしゃっているのか、あとらにはさっぱりわけがわかりません！」

いよいよ泣きだしそうになって、忍者の少女は声をあげた。

無理もなかろう、と大介も思う。

あとらにしても、千姫が、かつて豊臣家の二代め当主、秀頼の妻だったことはもちろん知っている。

だが、魔界戦国という時代を知らねば、千姫や大介の想いはわかるまい。

わからぬ世代が増えていることこそが、秀頼の喜びになるのだろうが。

一度は、魔界戦国を終らせたのが、豊臣家である。

正しくは、豊臣秀吉という男だ。秀頼の父だ。

戦国の世と呼ばれた、この列島をいくつもの国に分け、支配者を決めるべく互いを喰《く》らいあっていた時代は、百年近くも続いていた。

多くの戦国大名の中から、天下統一に最も近づいたのが、織田信長という天才児だった。

稀代の英雄が、恐ろしい魔王に変貌した原因は、取るに足りない小物によってもたらされた。最後の足利将軍、義昭である。

天下を治める力など、室町幕府はとうに失っていた。それでも、義昭という男は、まだ自分に権威があると信じ、幻想の中で生きていた。おのれのまとう幻の権威、信長という新時代の暴力を従わせることができると思いこんでいた。

はじめのうち、まだ利用価値があるうちは、信長も、義昭に甘美な幻酒を味わわせてやっていた。だが、信長が真の力を手にすれば、過去の権威という道具は必要なくなる。むしろ、邪魔にしかならない。

その幻想が破れ、真実が突きつけられた時、すなわち信長によって都から追放され、将軍という地位を失った時、破れかぶれの小物は、魔術に手を出した。

何者かが「本当に効力のある魔術」を彼に授けたのだ。

義昭は、異界から魔神を召喚し、信長らを抹殺しようともくろんだ。理性のすべてを吹き飛ばし、狂乱の宴に身を捧げることこそ、魔神召喚の要だ。

義昭はそれを実行した。生贄《いけにえ》が必要と聞き、信長に媚《こび》を売り、這いつくばり、ようやく宴に招くことに成功した。義昭のもくろみでは、魔神は、信長らを喰らって受肉して、義昭をこの世の王にしてくれるはずだった。

だが、恐るべき力を秘めた魔神を、義昭ごときが制御できるわけもなかった。

その場に、魔神を従える器量の持ち主は、ただひとり。

織田信長のみであったのだ。

魔神は信長を喰らわなかった。むしろ、信長が魔神を食った。彼は天才児から、さらに一歩先へ踏み出してしまった。魔神の凶暴性を受け継ぎ、その超絶の魔力を自在にふるった。そして、この世に魔界を召喚した。

これまで、夜の隙間に隠れひそんでいた妖怪鬼神たちが、昼へ躍り出た。異界から訪れた、エルフやドワーフ、デーモンといった怪物たちが跳梁《ちようりよう》した。西洋魔術が雪崩《なだ》れこみ、陰陽道や鬼道が力を取り戻した。

信長は、朝廷に改元を強いた。

天が正しい、と書いて「天正《てんしよう》」という年号を示したみかどに対して、信長は転に生きると書いて「転生《てんしよう》」という年号を示した。

この世ならざる者の力を得て、戦国大名たちは、そして忍びたちは、それまで以上に凄《すさ》まじい戦を展開した。土佐の長曾我部《ちようそかべ》は山を八巻きする大蛇を使役し、中国の毛利《もうり》はダイダラボッチに城を築かせた。島津、北条《ほうじよう》、武田《たけだ》……それぞれに闇の力と結び、あるいは上杉《うえすぎ》のように光にすがって、摩利支天《まりしてん》を呼んだ者もいる。

だが、そのことごとくは、魔王となった信長の軍門に下った。いよいよ天下統一、そして海の外へ、魔界軍団はあふれ出るはずだった。勝利は約束されていた。

織田信長に臣従し、最も忠実とみなされていた二人が裏切るまでは。

明智光秀《あけちみつひで》と、豊臣秀吉。

彼らは、その時のために、長く忍従したのだ。

結果、光秀は信長と相討ちになり、秀吉が天下の立て直しを担った。

世から魔界を一掃すべく戦って戦って、そして倒れた。

倒れた後、頂点の座を受け継ぐはずだったのが、晩年の秀吉に授かったひとりご、秀頼である。もはや、魔界戦国は終わるかと思われた。

だが、魔界は死に絶えていなかった。天下統一、その頂点に立つという、戦国に生きた人間に抗《あらが》いがたい誘惑をもって、幾多の英雄好漢たちを惑わしたのだ。

かくて、天下は再び乱れた。

泰平をもたらす、一大作戦を実行したのは、秀頼と、大介の父である真田信繁を中心とした者たちだ。

豊臣の旗のもとに、天下を狙う者らを集め、この国を東西に二分して、あえてもうひとつの最大勢力、徳川と戦う。

その真の狙いは、豊臣についた、天下騒乱を狙う怪物たちを一掃することにあった。

ただひとつの誤算は、その怪物らの頭領が、秀頼の母、淀君《よどぎみ》であったことだ。

織田信長の姪《めい》、魔王を超える大魔女。

怪物どもを殲滅《せんめつ》したところで和睦、豊臣と徳川の合議によって日本を治める……という徳川家康との密約は反故《ほご》にされ、豊臣の血は徹底して殲滅された。真田一党も、ことごとく滅んだ。

……実際には、秀頼と大介は生き延びていたわけだが。

だが、世の人々はそれを知らない。大魔王信長と、その後を継いだ豊臣。そう信じられている。そして、魔界とともに滅んだのだ、と。

大魔女、淀君との最終決戦が、大坂の陣と呼ばれる二度に渡った戦いである。

この大坂の陣で、秀頼は死んだことになっている。

千姫は、道連れにされかけたところを、徳川家に仕える勇士によって救い出された。

というのが、表向きの物語である。

もちろん、あとらもそれを信じている。

豊臣の名誉を、取り戻すわけにいかない。それはまた、不信と不安を世に呼ぶからだ。

だが、いまもなお、世の動乱を望む者は絶えない。

長い戦の時代が終わってから育ったあとらには、そいつらは問答無用の悪なのだろう。

豊臣家が、ひそかに軍資金を隠していたという噂なら、いくつもあった。豊臣の残党が、幕府を転覆しようとした、などという事件もささやかれている。

だから、軍資金の実在や、それに千姫が巻きこまれようとしていることまでなら、あとらも納得できる。実際に、千姫をかつぎあげようとした莫迦《ばか》を撃退したことだってある。

しかし、死んだはずの秀頼が三か月前まで生きていただの、生きた人間が隠し財宝の鍵になっているだの、あげくのはてにせっかく隠してあるものをわざわざ取りだしてまでさらに手を出せぬようにするとか。

あとらには、それらの事実が呑みこめず、やろうとすることの意味もわからない。彼女はただ、仕える主人の安全を守るにはどうすればいいのか、それを考えて混乱している。主人にあえて逆らい、そのふるまいを制止するという思考はない。

——というところ、だろうなと、顔を見ているだけで読み取れる大介である。忍者には向いていない娘だな、とも感じる。

自分と秀頼に似ているのだとまでは、気がついていないが。

「千姫さま。御承知いただけるのであれば、俺に同道していただきたい。まだ、隠し場所についてはお教えできませんが、かなり遠くまでの旅をお覚悟いただかねばなりません」

「そうでしょうね」

「いつもの旅とは違い、ご自身の足で歩いていただかねばなりません」

「あら、大介どのが背負っていってはくれないの？」

千姫の瞳に、不思議な色が宿る。

「あたしがお運びしますっ！」

勢いこんだのは、あとらだった。

「まずは、あとら。あなたは、自分の衣装をなんとかなさい。今日から侍女のお仕事もやってもらいますからね」

「ははっ」

どこからかくりだした蜘蛛糸で、あとらは、即席の晒《さらし》を作った。

「おまかせください！　自信はございませんが、ちゃんとやります」

「では、まずは朝ごはんね。あけびとイワナだけでは、少し寂しいわ」

「かしこまりました。この衣装を借りた村に戻りまして、米を購《あがな》って参ります」

「落ち着け、阿呆。姫さまも、贅沢《ぜいたく》は困ります。昼に何か考えますから、ここは急いで動きませんと。こやつがつけてきたからには、他にも参りましょう」

大介は、右目にできるかぎりの気迫をこめて、女たちを睨みつけた。この一瞥《いちべつ》で、百戦錬磨の侍も、無頼の盗賊もひるませる自信はあるが、千姫に通じる気がしない。自分で自分を信じていないのだから、やはり通じなかった。

「寝ていないから眠いのです。少し、お昼寝していきたいですわねえ」

「わかりました。ただちに御寝床をご用意いたします」

大介の背中で、くうくうと寝息を立てていたはずなのだが。

「それも後で」

さすがにいらだった声をあげると、千姫は小さく首をかしげて、こんなことを言った。

「ところで大介どの？　あなたは豊臣の黄金塊を封印しようというのだけれど、いったい佐助どののほうは、何に使うつもりだったのかしら？」

4.

「このわしじゃから、こんな格好にはなっても、逃げて戻れたんじゃ。おまえらなら死んどるところじゃわい」

あぐらをかいた膝の上で、自分の首をかかえているのは、猿飛佐助である。

既にその姿は、獣から、人に近いものに戻っている。

とはいっても、まっとうな人であれば、首が胴体から離れて生きてゆけるものではないが。

「大介さまは、ずいぶんと腕をあげておられたぞ。まさか、この佐助の首をこうも見事に落とされるとはのう。いやあ、嬉しいことじゃ」

滔々《とうとう》と語る佐助を囲む十の顔は、それぞれに異なる表情を浮かべていた。

同意、反発、羨望、憤怒《ふんぬ》、無関心、懐旧、劣情、困惑、憎悪、そして——恋慕。

真田十勇士改め、いまや真田十幽鬼。

彼らの拠点である。

いずこともしれぬ、地の底であった。

分厚い岩が、頭上と四方を閉ざしてはいるが、広大な空洞だ。

大伽藍《だいがらん》のごとき場所である。

そここに、青白い小さな光が群れて、闇を追い払っている。

床として、ざっと削っただけの木の板が敷いてはあるものの、家具といえるようなものは何もない。地底の、湿った、冷えた空気が、ただあるだけ。

およそ、人の住めるような場所ではないが、真田十幽鬼は人ではない。

「本当に、大介のやつがそんなに強くなったのか、爺《じじ》い？」

南蛮人風の装束をまとった若い男が、からかうように言った。赤髪碧眼《へきがん》だから、本当にその血を引いているのかもしれない。

声に笑いをにじませているものの、眼光は冷たく、口もとは意地悪く歪んでいる。

「あんたが老いぼれて弱くなっただけじゃねえのかい？」

挑発的なもの言いだが、佐助は怒るでもなく、呵々大笑《かかたいしょう》した。

「おまえらしい言いぐさじゃなあ、才蔵《さいぞう》。じゃが、間違いのう、これは向こうの腕があがったからよ。わしだから、首を落とされても帰ってきたが、おまえはどうじゃ、才蔵？首が落ちても戻って来られるかや？」

真田で才蔵と呼ばれるのは、十勇士でも佐助と並ぶ腕利きの忍びとして知られた、霧隠《きりがくれ》才蔵しかいない。

「もちろんだとも。この才蔵を甘く見るなよ、佐助。いやいや、実は何度か落とされたこともあるんだぜ。いちばん近いのは三月ほど前だったかなあ」

しかし、その名声に比して軽佻浮薄《けいちょうふはく》に良く回る舌だ。

「あれは確か、ぶらりと蝦夷《えぞ》地に遊びに行った時のことだ。なんというても、北は、俺っちに宿る悪神ロキには親しい土地だからな。力も発揮できようというもんさ」

「……ふん。おまえの駄法螺《だぼら》は聞き飽いたわ、才蔵」

すっぱりと言葉を切り捨てたのは、研ぎあげた刃のような風貌の男だった。

尖った鼻に尖った顎。だが、その身を蓑《みの》のような形でくるんでいるのは、背から生えた四枚の翼であった。

「しょうがねえだろう、甚八。俺っちの背負った業が『虚言』なんだからよう。だけど、俺っちの言葉が全部嘘だと思いこむと、それはそれで痛ぇメにあうぜえ」

甚八と呼ばれた男は、もう一度、ふんと鼻を鳴らした。

「……大介の腕があがろうがさがろうが、どうでもよい。肝心なのは、佐助がしくじったことだ。……おおかた、途中で手を抜いたのだろうがな。なんぞ、余計なことを考えたな？　天下一の軍師たる、この俺にはわかる」

睨みつけた四枚翼の男の目つきは、恐ろしく鋭い。並みの者であれば、怯えだけで心の臓を止めてしまうほどの恐ろしい目つきである。

しかし、佐助は、へへへと情けない笑いと共に、おどけた顔つきで謝った。

「許せや、甚八。なんせ、首を斬られた」

「……斬られたからしくじったのではあるまい。しくじって斬られたのだ。いや、斬らせて、それを言い訳に戻ったのではないか。大介に、情をかけたな？」

淡々とした声で、追い詰めてゆく。

甚八といえば根津《ねづ》甚八であろう。もともとは、火薬の扱いを得意とし、冷静な判断で十勇士の危地を救ってきた男だ。

死から蘇《よみがえ》ったいまは、冷静を超えて、怜悧《れいり》冷酷の域に達しているのか。

「そこまでにしてあげてよ、佐助はがんばったと思うわ」

ふわりとした声が、薄暗くうすら寒い地下に響いた。その声が聞こえる範囲だけが、まるで春になったかのような気持ちのする、不思議な声であった。

十幽鬼が、そろって声の主に向かって平伏する。忍び装束、南蛮衣装、公家《くげ》めいた烏帽子《えぼし》、僧形、修験者、旅芸人に歩き巫女《みこ》。

「御心《みこころ》を騒がせ、もうしわけございませぬ」

代表して謝罪したのは佐助である。

十幽鬼たちに話す時とはまるで異なる、謹厳実直《きんげんじっちょく》な声音であった。ただ、首が取れている身なので、平伏はできていないが。

彼らが向かう先に、絢爛《けんらん》な闇がわだかまっていた。

色とりどりの鮮やかな花を、牡丹《ぼたん》水蓮菖蒲《しょうぶ》彼岸花《ひがんばな》と散らした衣が、緋毛氈《ひもうせん》の上に座っている。衣だけ、が。

――と見える。それをまとう少女が、闇に溶けこんでいるからだ。闇に等しい肌の色をしているからだ。

「茜さま――」

と、佐助は呼んだ。

「御下命を果たせなんだこと、まことに申し訳なく存ずる」

「いいのよ。仕方ないわ。お兄さまがおいでになったのなら、負けてあたりまえ。ううん、むしろ、よくぞお兄さまが生きてらっしゃると確かめてくれたと褒めてあげたい」

――自分は許された――。

心底、そう感じられる優しい声であった。

と、声がしたのと同時に、ぞぶり、というにぶい音が四つ、した。

佐助の腹に胸に、闇の奥から伸びた漆黒の槍《やり》が、突き刺さっていた。刺さったまま回転して、ぞりぞりと傷口を抉《えぐ》り続けている。

「だけど、命じたことを果たせなかった人を褒めるわけにはいかないから」

笑みを含んで、ふわりと優しい声は後を続けた。

「それ、しばらくは痛いと思うけれど、辛抱してね。あなたが死なないのが悪いのよ、佐助。死ぬなら、罰は一度ですむのに。ね？」

佐助は返事ができない。切り離された首に、どうやってか胴体の苦痛は伝わるものらしい。激痛に、口から泡を吹いている。

「それで、茜さま。これから、どうしますかい？　千姫と大介を追うなら、俺っちに任せてくだせえ」

才蔵が、苦痛にもだえ苦しむ同輩を無視して、というよりむしろ面白がりながら、あっけらかんと尋ねた。

「そうねえ」

小さく、可愛らしく首をかしげている気配が伝わってきた。

「前にも言ったけど、わたしも目が覚めて二か月。これだけ闇をたくわえれば、そろそろしばらくは光に耐えられると思うの」

「地上にお出になりますか」

才蔵が、嬉しげに手をもみあわせた。

「まだ時期尚早なのでは……」

根津甚八が、あげた顔をしかめている。

残る十幽鬼たちも、平伏するのを止《や》め、それぞれに別の感情をおもてにあらわしている。

心配しているもの、歓喜しているもの、不安そうなもの、さまざまである。

「ダメ、かしら？　わたしが大丈夫って言ったの信じてもらえてない？」

小さなため息が伝わってくると、みなが一斉に表情を改めた。

これ以上、逆らう気配はない。ただ、互いをちらちらと見つめている。

「……みな、ただ茜さまがご無理をなさってはおられぬかと案じただけでございますれば」

代表して言上したのは、甚八である。

「ありがとうね。では、これは引っこめておきましょう」

先ほど、佐助を貫いたものに似た気配が実は全員に迫っていたのだが、それらは、ずるり闇の奥へ退いた。

「では、やらなくてはいけないことをはじめましょうね」

「……正しくは、やるべきことのための手立てを整えるのですが」

「はいはい。いつもながら細かいわねえ、根津さんは」

言葉を正された茜が、すねた声を出すと、闇の遥か奥で何かが不満げにのたうつ気配がした。彼女の感情の揺らぎに、何かが反応している。

十人の幽鬼が黙ったところで、茜は続けた。

「では、まずはわたしのことなんだけれど、最初は大介お兄さまを迎えに……」

誰かが、ごほんと咳払いをした。

「……というわけにはいかないかしら？　お兄さまが使った風は、佐助の星に勝ったのでしょう？　そして、あの時、あの城にいたのだから……見失っていた十二人めかもしれない。千姫に聞こうと思ってたのもあわせれば、それで十三人がそろう。そうなれば、黄金だってなくてもすむくらい強くなる。いろいろと小細工をしなくても、正面から、わたしたちの目的がかなえられてよ？」

「かもしれませんが。魔界戦国に、佐助が言うくらいの力は珍しくありませなんだ。大介が、確かに十二人めの神宿りか否か、それを他の者が見極めてからでも遅くはないかと」

「いきなり茜さまが参られるというのはさすがに……」

何人かが制止する。佐助も、身じろぎした。

彼女は、一瞬、闇の奥に剣呑《けんのん》な気配を蠢《うごめ》かせたが、すぐにおさめた。

口をとがらせているような声音で、言葉を続けた。

「仕方ないわね、なら、わたしは京へ行ってあげる。あそこの用事は手早くすむと思うわ。お兄さまのほう、それまでに調べておいてね。駿河《するが》も、わたしが行ったほうがいいかしら。伊達《だて》さまのところは誰かに任せるわね」

「……茜さまに京へ行っていただいている間に、我らの誰かを駿河へ向かわせては？」

駿河は、徳川家のもともとの根拠地である。

いま、そこを領地とするのは、将軍家光の弟、中納言忠長《ただなが》。

かつては、兄をさしおいて三代将軍を継ぐのではと噂された傑物だ。

その忠長がいる地に、蘇ったこの怪人魔人たちがなんの用があるというのか。

「ううん。駿河を惑わすのは、やっぱりわたしが行ったほうがいいと思うの。その前に、大介兄さま。なんでいまさら千姫さまのところに行ったのかしら？　あ、気になるって言っても、いまさら、あんなひとと兄さまがどうこうあるとか思っているわけじゃないから」

声音から想像できるのは、唇を尖らせた幼い娘の表情だ。しかし、十人の幽鬼たちの顔には、畏怖の色しかない。

「ええ、それなんでございますけれどねえ」

長い煙管《きせる》を手にした男が言った。顔の前に、黒い布を垂らして面貌を隠している。

「なぁに、海野さん？　何か知っているの？　いつもみたいに策があるの？」

海野といえば海野六郎《ろくろう》。十勇士の軍師格だ。

幽鬼となってもそれは変わらぬようである。

「策はまだございませんし、かかわりがあると、はっきり言えるもんでもないんですがね」

海野はそう前置きした。

「豊臣家の黄金の話ですけどね？　あたくしが生きておりました頃に、大介さまが、そいつをいざという時のために隠しておけって、秀頼に命じられたってえ話を耳にしたことがあります。千姫は、鍵だとは聞きましたが、開け方は知っていても場所はどうだか」

「そういうことは早く言え！」

甚八が、尖った声でしかりつける。

「佐助を出す前に言わんか！」

「言ったって仕方ないじゃありませんか。大介さまが生きてるって知らないんですから」

「はいはい。どっちにしても、いるものはいるのよ」

ぱんぱんと、どこかで両手を打ち合わせる音がした。

十幽鬼たちが、怯えたように動きを止める。

「では、ますます大介お兄さまと千姫のゆくえも確かめてもらわないとだわ。ほんとうに、二人の仲とかは気にはならないけど……どうせなら、十二人めはお兄さまがいいから」

少女は、そこで少し沈黙した。

十幽鬼の誰も、うかつな言葉は口にしなかった。

才蔵は舌なめずりせんばかりの表情で続きを待ち、他の者は沈毅《ちんき》な表情やらいらだちやら前のめりやら、これもまたさまざまだ。

「海野さん、誰にどこへ行ってもらえばいいかしら？」

「既に、煙で占うておきましたよ」

海野六郎は、煙管をくるくると回した。

これが占術道具であるらしい。

「まず、あたくしが茜さまに従います。筧《かけい》と小助《こすけ》にも来てもらいましょう。仙台には猿飛が良いと卦《け》には出ましたが、これは霧隠が次善ですねえ」

「占いだから仕方ないね。才蔵ちゃん、そうしてね？」

「茜さまがおっしゃるんだから仕方ないな。海野ォ、後でちょっと話があんぞォ」

二番手と言われ、さらには意に添わぬ仙台行きを命じられて、才蔵がにやにや笑いを浮かべた。目が冷え冷えとしている。こういう不満の表し方をするのだ。

「大介さまらを探すのは誰が良いのか」

顔を隠す黒布の奥へ煙管の吸い口が消え――。

しばらくして、一筋の煙が吐き出された。

渦を巻き、揺れ踊り、ふつうならありえない動きを煙が示す。

みなが、煙を見つめた。

この煙の形を以てして、海野六郎は明日を占う。もちろん、彼の他、誰もそれを読み解けるわけではないのだが、自然と目で追ってしまう。

「はあ。これは困った」

まったく困ったようすを感じさせない声で、海野六郎がつぶやいた。

「ちと煙を吐いてみましたが」

手にした長煙管を、くるりと回した。

「読み解けませんでしたねえ。どうも大介さまは、あたくしの占いにはかからねえ筋におられるようで。こいつぁ困りますねえ」

もうひとつ、誰を送っても失敗《しくじ》る、という卦の可能性もあるのだが、そんなことを十幽鬼たちは考えもしなかった。

くすりと笑って、茜が続けた。

「まあそれはそうだよ。占いでわかるなら、いきなり出くわしてびっくりにはならなかったはずだもの。つまりはそれだけ運勢に逆らう力が強い。やっぱりわたしが」

「……茜さまがそうおっしゃるのであれば、この我が、必ずや大介を捕えて参りましょう」

尖った顎を、根津甚八が突き出した。

「……十二人めを、という気になっていただけたのでしたら幸い。我らが悲願、魔界招来もかなうというもので」

「待てや、甚八」

西国生まれの抑揚で、吠《ほ》えたのは頭をつるりとそりあげた巨漢である。

「大介さまとの縁でありゃ、拙僧と伊三《いさ》入道がこそじゃ。拙僧らに任せぬかい。ことごとく茜さまに取り入ってのさかしらな軍師面、ちょいと鼻についてきたわ」

口をはさんだ巨漢は頭をそりあげ、墨染の衣をまとっている。手にしているのは鋼鉄の杖《つえ》。十勇士中、怪力無双で知られた三好《みよし》清海入道であった。幽鬼となった今は、いかほどの力に増しているやら。しかも奇怪なことに、衣の合間から見える素肌は、鱗《うろこ》に覆われている。

その清海入道の斜め後ろにうっそりとたたずむ長髪の影は、たったいま、名のあがった伊三入道であろう。真っ赤なくちびるが、にんまり笑った。

割って入ったのは、ほんわりとした茜の声だ。

「もう、だめよう、みんな。喧嘩《けんか》するなら、いつもの比べっこにしましょうね。小助ちゃん、餌を一匹、持ってこさせてくれる？」

「小助、茜さまの言う通りにさせる」

ぴょんと跳ねたのは、頭が大きく小柄な、まるで子供のような体型の男だった。穴山《あなやま》小助は、変装の名手で、さまざまな影武者をつとめた老齢の忍者のはずだが、口調と言い、まったくそのようには見えない。

その穴山小助が口笛を吹くと、何かかなり小さな者たちが、ざわざわと出て行く気配がした。そいつらは、すぐに戻ってきた。

全裸の若い娘が、両の手足を大きく広げ、横たわった姿勢で運ばれてくる。

常人の手のひらほどの大きさしかない小さな者たちが、無数に群がって、娘を運んでいるのだ。その小さな者たちは、南蛮人風の衣装をまとっている。

ちいちいと、小動物のような声をあげた小さな者たちは、どのような手段を使っているのか、娘をまったく身動き取れないようにしていた。暴れようとしているが、その身に触れている小さな小さな手が、ぴたりとはりついて離れない。さるぐつわでもかまされているように、声も出せないようだった。

「いつもの引っぱりっこ。たくさん手元に残ったほうが勝ち」

楽しい遊びを待つ声で、茜が言った。

連れてこられた娘が、滂沱《ぼうだ》と涙をこぼれさせ、必死で首を左右にふる。助けてくれと懇願していたが、彼女のことを気にする者など、この場にひとりたりとて存在しなかった。

「我は右から参ろう」

「拙僧は左からじゃ」

根津甚八の尻から、するすると尾が延びてきた。いいや、よッく見るとその先端は、くわっと開いて牙が伸びている。蛇が、尾のように生えているのだ。それがくるくるっと娘の右腕から右半身に巻きついた。

一方の三好清海入道、こちらは変異はない。その大きな手が、娘の左胸をまるごと掴んだ。それにしても腕が太い。掴まれた娘の、太ももどころか腰さえ超えそうだ。

「いっせーの、はいっ」

茜が、楽しげな声で合図をする。

両者が力をこめた。

娘は、痛みも感じなかったろう。一瞬で、真ん中から左右に裂けた。肉がちぎれ、骨が外れる音がして、内臓が、小さな者たちの上にこぼれ落ちた。湯気のたつ内臓を浴びて、小さな者たちが逃げ回る。

そのようすがおかしかったのか、茜が笑い声をあげた。

「引き分けでございますなあ」

海野六郎が、楽しげに声をあげた。

「じゃあ、三人で行ってね」

茜に言われて、根津甚八と三好清海入道、伊三入道がそれぞれに顔をしかめる。

だが、ひとたび茜が決めたことに、文句は出ない。

「順番はね、大介お兄さまが素直についてきてくれるなら生きて戻して。死んでも死に還らせることはできるけど、手間と時間がかかってしまうから。千姫のおばさんは、その手間暇をはぶいてくれるし、生きてるに越したことはない。二人がいれば豊臣の黄金塊は手に入るんだから、順序を間違えないでね」

間違えないでね、と言われた時、清海入道と伊三入道は素直にうなずいたが、根津甚八は、ほんのり狡猾《こうかつ》な色を目に浮かべた。何か、思うところがあるのかもしれない。茜はそれを見抜けないのか、見抜いてそのままにさせているのか。

「お兄さまを孕《はら》むか、お兄さまに孕ませていただくか。悩ましいところね」

闇の触手の蠢く気配。茜の腹を撫《な》でている。

「ああ、だめ。なんか昂《たか》ぶってきちゃった。いじくりたい。ああ、孕みたい。おまえたち、お願い。いとしい子供たち。おまえたちの子を産んだげる。それは孫なの？　子供なの？」

茜があえぎ声をあげる。

奇怪でおぞましい、病み切った言葉を、まるで微笑ましいもののように十幽鬼は黙って聞いている。

海野六郎ひとりは、それに気をとられず、何か考えこんでいた。

「こういう組み合わせになったから、望月《もちづき》さんと由利《ゆり》さんが、才蔵についてってくれる？　手伝いではなく、お目付け役」

才蔵が、ちぇっと口を尖らせる。見かけのいまだ若い霧隠才蔵、そしてこれまで無言の望月六郎と由利鎌之助《かまのすけ》がついて、仙台へ向かう。仙台には、真田家にゆかりの人物がいるのだ。

茜に従い、煙草《たばこ》占いの軍師たる海野六郎、小柄な穴山小助、そして筧十蔵《じゅうぞう》が京へ。猿飛佐助がこの拠点を守る。

そして、尖った容貌の根津甚八、巨漢の僧形たる三好清海入道、有髪の尼僧である伊三入道の、この三人が、真田大介と千姫を追う。

海野六郎は、甚八たちへとこう言った。

「千姫さんも、いろいろ使い道のある方だ。産みなおすのは難しかろうから、なるべく生かして。どうしようもない時はどうしようもないですが」

「天下一の軍師に偉そうに言うな。おまえ……ふぁっ？」

尊大な言葉の途中で、甚八が腰を引いた。

タコやイカのそれにも似た触手が、彼の腰に巻きついて、衣装の奥をまさぐっている。

どこから生えているのか、根元は闇に溶けていた。

甲高い女のあえぎ声が、かたわらから聞こえた。伊三入道が、大きな尻をむきだしに、膝をついて倒れこんでいた。

「あ、ああああああ、ああああ。茜さま、そこは、そこはいけません」

彼女の股間にも、同じような触手がもぐりこんでいた。

二人だけではない。地獄の責め苦を受けている佐助以外は、快楽に魔性の顔を溶け崩れさせている。触手がまとわりついているだけではなかった。真っ白い、幼い少女の裸身が、闇から浮かびあがるように、いくつもあらわれている。

それらの少女には目がなかった。口を大きく開き、そこから伸びた長い長い舌が、幽鬼たちの身を舐《な》めずっている。ふくらみのない胸が、先端のぽっちだけをこすりつけ、快楽を貪る動きをしていた。

「出陣前のご褒美、前渡しをしてあげる。だって、どうにも昂ぶってしまったんだもの。さあ、みんなでしばらく、わたしに快美の気をちょうだいな。みんなも早く、こうなってね。あなたたちが神威を解放できるようになれば、もう怖いものはない」

「仕方ありませんねえ……あああっ」

海野六郎の衣服がはだけ、さほど大きくはないけれど、はっきりしたふくらみがまろび出る。だが、触手は股間に屹立したものにも巻きついていた。

そこここで快美の呻《うめ》きが聞こえ、触手ばかりでなく、幽鬼が互いを貪りあう。

おぞましき闇の宴。

これが終わったその時に、冥府から還ってきた十一人の「わけのわからない化け物《ジャバウォック》」たちが、日本各地を襲撃する。

第二幕　それぞれの理由

● 1. ●

「土蜘蛛《つちぐも》党といえば豊臣《とよとみ》に従って、何度か戦うた連中ではないか。飛騨《ひだ》の出であったのう。最後に戦ったのは五年ばかり前になるか。信用できるのか、土蜘蛛の娘など？」

「飛騨は影一族だろう。土蜘蛛党は岐阜《ぎふ》から近江《おうみ》のあたりが本拠だったと聞いてるがね」

はじめの言葉は顔に大きな傷がある伊賀《いが》忍者。

答えたのは、大きな耳が目立つ、やはり公儀隠密《おんみつ》伊賀組の忍者。

服部半蔵《はっとりはんぞう》から、千姫《せんひめ》の探索と奪回を命じられた男たちだ。

顔に傷があるほうが雷天《らいてん》、大きな耳が頑十郎《がんじゅうろう》。ともに、多くのお役目を果たしてきたつわものである。

「オレたち伊賀との戦いで、土蜘蛛党は首領をはじめ皆殺しになった。けど、首領の孫娘だけが生き延びた。たまたま関わってた千姫さまが、若いみそらで殺されるのも可哀《かわい》そうだとおっしゃってな。拾われて、お仕えすることになった」

頑十郎には、早耳という異名がある。市井《しせい》の噂《うわさ》などを集め、情報を分析するのに最も手腕を発揮する男だ。だが、戦いの腕も劣るものではない。土蜘蛛党との戦いでは、伊賀組にも大きな犠牲が出ている。それを切り抜けてきた男でもある。

「土蜘蛛の娘は、二度と我らといさかいはせんというあかしに、やつらの秘術をいくつか教えてきた。そのひとつが糸文字。それが読めるのは、いまでは娘とオレたち伊賀者だけだ」

蜘蛛の糸を特定の形にして木々や壁に貼りつけ、伝言を残す。

彼らが見つけた、いささか乱れた糸文字は『千姫さまを助けろ』と告げていた。

千姫がさらわれた夜が明け、さらにもう一晩がすぎていた。

この道を行くのも、その糸文字にあったことだ。

姫路藩の屋敷に戻り、手がかりを探していた頑十郎が、残されていたあとらの糸文字に気がついた。侍女たちは、彼女が姿を消したことにさえ気づいていなかったようだ。影に徹して、決して光を浴びようとしなかった、忠実な忍びであればこそ、ではあるが。

「土蜘蛛の娘も、我らはともかく、千姫さまを裏切ることはせぬか……」

「そうでなきゃ、自分ひとりで追いかけはしないだろうさ。我らを待つだろうよ」

「侍女どもから、土蜘蛛の娘のことを聞き落としたのが、我らの手抜かりよな」

頑十郎と言葉をかわしているのが雷天。顔に傷のある、小柄だが分厚い体躯《たいく》の男だ。

武闘派として組内では名を轟《とどろ》かせている。評判が外に聞こえるようでは、忍者の名折れであるから世間では誰も知らぬが、侍であったなら豪傑として一城のあるじとなれたかもしれぬ男だ。

「土蜘蛛は手ごわい連中じゃった。それだけに、あの時に生き残った組は手練《てだ》れよ。いま何人か、特に影之丞《かげのじょう》あたりがいてくれれば、楽ができるんじゃが」

伊賀組の腕利きたちは、多くが全国あちこちの大名のもとへ送りこまれている。

「情けないことを言うな、雷天。あんただって、他の誰にも劣らん腕利きじゃないか」

頑十郎は、士気を高めるつもりで言ったのだろうが、決して世辞ではない。

彼らは、中山道《なかせんどう》を外れた杣道《そまみち》、いわゆる裏街道を駆けている。上り道をほぼ全力疾走だが、会話して息を切らしもしなかった。

さすがは一流の忍者だ。

とはいえ、平然と会話しているのはこの二人だけである。

彼らにつき従う配下の下忍十人は、さすがに会話している余裕はない。体力的なものというよりは、緊張しているからだろうが。

「む？　……おい、雷天」

「誰ぞ、おるのう」

耳だけではなく頑十郎は目も良い。行く手の、遥《はる》か先が見えている。

幾重にも重なった木々の向こう。枝葉にさえぎられた暗がりが途切れる白昼のさなかに、どうも気になる男の姿があった。

雷天も、すぐに気づいた。だが、彼にわかるのは、どうやら侍らしいというくらいだ。曲がりくねる道の先、峠のてっぺんあたりに開けた場所がある。そこの岩に、気になる男は腰かけている。

「まだ若そうだ。眼帯をしている。えらくでかい刀を背負ってるな」

頑十郎が、そこにいる男の姿を細かく見てとってゆく。

「千姫をさろうたという化け猿、ではないか。旅の武芸者か何かが、たまたまおるだけか」

雷天が唸《うな》る。安心したのではなく、ならば何者かとますます猜疑心《さいぎしん》を強めているあたりが忍びの者らしい。

「妖怪のたぐいなら、人と魔物の姿を入れ替える化身術ってこともある。血車《ちぐるま》忍群のようにな。少なくともここは、ふつうの旅人が通る道ではないしな」

男がいる周囲は、木々がなく開けている。伊賀者たちがこのまま通り過ぎようとすれば、姿を見られるだろう。もちろん、森を通ることで、遭遇を迂回《うかい》するのは、忍者の足なら難しくない。

だが、その時だ。

「こっちを見た?」

まだ距離がある。杣道はくねり曲がっていて、見通しは悪い。森を透かして遠い相手に気がついたのは、頑十郎たちが忍びとして特別な鍛錬を重ねているからだ。

しかし、かなり離れており、さえぎる森も深いというのに、相手もまた、いま確実にこちらを見た。

――いや。

「オレと目を……！」

合わせてきた。

間違いなくこちらを見つけている。

しかも――。

「笑いやがった……」

挑発である。こちらが先に見つけたつもりだったが、それさえ知らぬふりをされていただけかもしれない。

頑十郎がそう思った時には、もう相手は目をそらし、空を見上げて、竹筒から水を飲んでいた。一瞬の表情は、何かの偶然だったとしか思えない。

「殺すか」

雷天の発想は、魔界戦国の世を潜《くぐ》り抜《ぬ》けて生き延びた忍びのそれ。味方とはっきりしなければ敵。敵は殺しておくのが吉。化け物相手には策謀や内部攪乱《かくらん》が通用しない。

「素性を確かめてからな。使える手があれば役に立ってもらおうぜ」

頑十郎の答えは、人と人とが、直接に殺しあうのではなく、陰謀と企《たくら》みでつぶしあう、この泰平の時代に似合う考え方だ。

頑十郎は、手の動きで、自分に追随する配下に命令をくだした。それを見て、雷天は鳥のさえずりを真似《まね》て、配下に指示を伝えた。いかつい体躯の小柄な男だが、繊細な小鳥の鳴き声が得意なのだ。

配下が、広場を包囲できるよう、左右に散る。

小頭の頑十郎と雷天は、いままでの歩調をゆるめた。手早く、衣装をそこいらの山の民らしいものに改める。伊賀忍者の旅装束は、歩きながらでも見せかけを変えられる工夫がしてあるのだ。

最後の曲がり角をすぎる頃には、どこから見ても忍者らしくはなかった。

もちろん、この変装には、あまり意味はない。先ほどの笑みはたまたまではない。向こうはこちらの存在を知っているし、知っていると教えたつもりでいるだろう。

だがそれでも、こちらの勘違いであるかもしれないし、敵が油断するかもしれないし、関係のない者に見られた時にごまかしやすいかもしれない。わずかな利益があるかもしれなくて、不利益がない。だからやっておく。

そういった細かい工夫の積み重ねで、伊賀の忍びたちは魔界戦国の世を生き残り、覇者の傘下に並ぶ者たちの間でも、のしあがってきたのだ。

そんな自分たちが、今回も最終的には勝つ。

伊賀者たちはそう考えていた。

「よう、伊賀の衆。久しぶりだな」

頑十郎と雷天が、山で狩りをしているさなかのふりをして、広場に足を踏み入れた途端、いきなり声をかけられた。

奇妙な文様を刻んだ革の眼帯に、黒い手甲と脚絆《きゃはん》、褪《あ》せた赤色の袖なし羽織。ふつうより大ぶりの刀を背負っているが、これは目立つことで仕官先を得ようとするいま時分の兵法者には珍しいことではない。

まだ若い侍である。

頑十郎と雷天に残った目を向けて、にやにやと笑っていた。

「はぁ？　何を言うてなさるんだね、お武家さま、おいらたちゃ……」

「よせ、頑十郎」

あくまで芝居を続けようとした相棒を、雷天が低い唸り声で止めた。

「一度見た顔は、わしは忘れぬつもりだが、あまりに時がたちすぎていて、気がつくのに時間がかかった。まさか生きていようとはな、真田《さなだ》の小せがれ」

幾多の戦場を渡り歩いてきた雷天である。

大坂の陣にも、もちろん参戦していた。真田一党とも戦ったことがある。

「六文銭とはさんざんやりおうたわ。そもそも、わしのこの古傷、霧隠才蔵《きりがくれさいぞう》につけられたもの。おぬしもその場におったな、真田大介《だいすけ》」

しぼりだすような雷天の声に、とうの真田大介は、眼帯をつけぬ右半面を向けて、少しだけ目を見開いた。

「これは驚いた。よくわかったな。悪いが、こちらは見分けがつかん。おぬしら、顔を隠しておったしな」

「おのれがそうだと認めるのかっ、豊臣の残党っ」

頑十郎の叫び声は、さすがに狼狽《ろうばい》で裏返っている。

この十年、伊賀の忍びが、江戸幕府の最大の敵として追ってきたのが、豊臣を旗印にかかげて今の世をくつがえそうとする連中だ。

そのほとんどを狩り終えたと思っていたところに、日の本一の兵と言われた真田の嫡子が生きのびていたとなれば、驚きもする。

しかも、ごまかすことなく、悪びれもせずに名乗られては、忍びでさえ動揺する。

「誤解するな。いまさら、豊臣がどうこう言うつもりなどない。天下は泰平で、よいことではないか」

真田大介は冷たい声で言い放った。

「親父《おやじ》どのは、家康《いえやす》を殺すことに命を使い果たしてしもうたが、いまやその家康もおらん。俺はふつうの人間に戻った秀忠《ひでただ》にも、もとより只人《ただびと》の家光《いえみつ》にも恨みはない」

「嘘《うそ》をつくな。ならばどうして千姫さまを連れ去った」

　頑十郎は、いつでも攻めかかれるかまえをとりつつ言った。さすがなもので、この広場を囲む位置についている配下たちは、そうと知っている彼にさえ気配を勘付かせない。

（捕えて色々聞きださねばならん）

　頑十郎は、手の動きで雷天に伝えた。

　一瞬、雷天の目に怒りが閃《ひらめ》いたが、すぐにまぶたでうなずいた。

　そのやりとりに気づいているのかどうか、真田大介は平然とした声で言った。

「千姫さまのことなら心配いらん。ちと用事があって、一緒に来ていただいているが、ひと月もしたら無事にお返しする」

「信じられるものか！」

　さすがに雷天が怒鳴った。

　怒号、と呼んでよい。彼の異名は、この声に由来する。声だけで、十人の侍の動きを止め、その隙に大将首を獲《と》ったことさえある。

　ただの大声ではない。修行を経て習得した気合術の一種なのである。

　だが、真田大介と名指された若者は、涼しい顔で、雷天の怒号を受け流した。

「だろうなァ。俺だって信じやしない」

　そう言って真田大介は、背にした刀の柄を握った。右目を細めて、言葉を続ける。

「だから、あんたらにここに来てもらった。とっとと釘《くぎ》を刺しておこうと思ってな」

唇の左端にうかぶ、皮肉な笑み。

「裏切りおったか、土蜘蛛の娘」

雷天が吐き捨てるように言うと、真田大介は、にやりとからかいの笑みを浮かべた。

「そうとは限らんぜ？」

彼らは、土蜘蛛党の生き残り、あとらが残した糸文字をたどってやってきた。そこに敵が待っていたとすれば、もちろん糸文字が誘いの罠《わな》だったということになるが。

「単にあいつが糸を貼るのを、俺がわざと見逃しただけかもしれん。先回りも、横からの襲撃も難しい、この道を選ぶと教えてからな」

「はっ、わしらを誤魔化《ごまか》そうとしても無駄なことよ。おまえを斃《たお》した後、とっくりと娘の身体に本当のことを聞いてやろう」

雷天は、大介がどう応じるかを見るために、あえて下衆《げす》な言いまわしを使った。配下もそろそろ、森の中を敵の背後に回りこんでいるはずだ。この男が、あたりに手下なりを潜ませていれば、小競り合いが始まる頃合いでもある。

「聞くことはできんさ。あんたたちは、大怪我《おおけが》をして、ここから引き返すことになる」

「真田の小せがれめ。安い挑発をするではないか。父が嘆くぞ」

応じつつ、雷天は相棒のようすを伺った。頑十郎の大きな耳は、森のようすを探っているが、どうやらあたりに伏せた兵はいないらしい。

この真田大介が、おのれひとりでこの忍群に勝てるつもりでいるなら——こちらも用心せねばなるまい。魔界戦国を駆け抜けた者たちには、文字通り一騎当千の武者がいた。真田大介は若いが、あの地獄のような大坂の陣を生き延びた相手だ。油断はできぬ。

しかし、強敵であるとしても、なるべく殺さず捕えて、企みを聞きださねばならぬ。

雷天に代わって、頑十郎が、大介に応じた。

「……考えられることは色々ある。土蜘蛛の娘は裏切ったかもしれんし、そうでないかもしれん。だが、甘い。そのくらいのことを考えた上でも、躊躇《ちゅうちょ》なく斬り捨てるのが……」

「伊賀じゃっッッッ！」

雷天が咆哮《ほうこう》をあげた。

同時に、広場を囲む森の中から複数の煙玉が投げこまれた。雷天の配下たちの仕業である。破裂と同時に、もうもうとした白煙があたりを包んだ。

「喝ッ！」

そこで雷天がもう一度、咆哮した。

視界は一切が閉ざされているが、音はもちろん轟く。音は何かがそこにあればぶつかる。反響する。それを聞きとる耳を、頑十郎は持っている。だから二人は組んでいる。

雷天の気合いの反響を、その大きな耳で聞いて、煙幕の彼方《かなた》にいる大介の位置を、頑十郎は的確に捉えていた。

頑十郎は、弓を手にとり、すばやく矢をつがえて放った。矢じりに複雑な形の穴があけてあり、独特の音を響かせる。

矢は音を響かせつつ、一直線に大介へと飛ぶ。

もちろん、これが当たるわけはない。大介にも耳があるのだ。

しかし、矢の音をたよりに、頑十郎配下の下忍たちが投げた釣り針つきの白縄はどうか。

無数の釣り針を植えつけ、煙の中で目立たぬように白く塗った縄だ。それを自由自在に操れるように鍛錬を重ねている。

頑十郎の鋭《するど》い耳は生まれつきだから及ばぬが、それを手助けする力ならば、積み重ねで獲得できるのである。

一旦、着物や鎧《よろい》に絡みつけば、これを外すのは容易ではない。当然だが、釣り針には痺《しび》れ薬も塗られている。むきだしの肌をひっかくことができれば、常人ならすぐ動けなくなる。

針縄がぴんと張るかすかな音を、頑十郎の大きな耳が拾った。それは、真田大介を捕まえたということだ。二重三重に縄がかかっている。

この連携で、幾多の敵を生け捕りにしてきた。絶対勝利の陣形ではあるのだが――。

「用心せいッ！」

配下たちがうかつに気を抜かぬよう、雷天が気合いを入れる。

決して敵を甘く見ない。数が少なければ少ないで、それにあわせた用心をする。そうすることで、魔界戦国を生き延びてきた忍びたちだ。

今回も、その慎重さが生きた。

「しまった！　違う！」

頑十郎が警告の声をあげたのは、針縄の針が喰《く》いこむ音を聞き分けたからだ。肉を刺すなら音は立てない。だが、堅い木に針が喰いこむ時には、かすかだが音がする。

「きゃつめ、変わり身を！」

手近の何物かをおのれの代用にして、攻撃を受け止めさせる、そういう技《わざ》を総称して変わり身という。迫る針縄を、木を身代わりにかわしてのけた。

「だが、そんなもの、どこにあったッ？」

岩陰にでも隠していたか。

問いかけに自分で答えを出しつつ、雷天が、ふところに忍ばせた爆裂弾に手を伸ばす。

「それより、どうやって縄を見切った」

煙の中、確実だと思われた針縄をかわした真田大介の、その足音が近づいてくるのを、頑十郎の耳は聞きとっていた。

投げつけられた針縄は、それはかすかな風切り音くらいは立てるだろうが、聞き取れるのは自分くらいのものだと思っていた。

白煙に閉ざされていては、変わり身とて使えるものではないはずなのに。

謎はすぐに解けた。

真田大介があらわれる。

「風かっ！」

視界を閉ざす煙が、吹き払われていた。

真田大介は、その周囲に、風をまとっていた。愛用の大剣を伸ばして、身体を軸に、切っ先で大きく円を描いたくらいか。その半径で、風が渦を巻いている。煙を寄せつけぬくらいには強い。

雷天が唸る。

「術師であったかよっ？」

戦国の世に魔界が流れこんできた時に、化け物妖怪が黄泉還《よみがえ》り、海の外から魔物と妖術が流れこんだ。そのほとんどは駆逐されたが、排除するのではなく、おのが力として取りこんだ者もおり、それらを称して術師という。

問いかけに、真田大介は答えない。不敵な笑みをくちびるの右端に浮かべ、冷酷な意志を左半面にみなぎらせて。

「おぬしらを殺しはせん。使い物にならぬように、する。自分らなら勝てるという自信、砕かせてもらう」

分厚く長い、真田大介の刀がふりあげられる。

ある意味で、殺すよりも残酷だ。手足のいくつかを落として、忍びとして役立たずにした上で、彼らを回収する手間をとらせ、関った者の心をくじこうという冷徹な判断。

だがしかし。

「かかったなッ！　くらえい瞳術《どうじゅつ》ッ！」

第三の、忍者の声。

雷天と頑十郎の攻めは、白煙と針縄の二段がまえではなかった。切り札が、ちゃんと取っておかれていたのだ。

煙を突っ切り、敵が見えれば、さしもの真田大介も気がゆるむであろう。その一瞬をつくべく、最後のひとりが控えていたのである。

伊賀衆でも随一の瞳術の使い手、夢麿《ゆめまろ》の眼《め》が、真田大介を捉えた。

姫路藩江戸屋敷の者たちから、伊賀組隠密のことを綺麗《きれい》に忘れさせた、眠りを誘い心を操る眼だ。むろん、この強敵を支配下に置けるとまでは考えていない。瞳術を宣したのは、その驚愕《きょうがく》で敵の心を縛り、さらには身体の動きを止めるため。わずかな時間でかまわない。

夢麿がそれを果たせば、後は雷天と頑十郎が——。

「あいにくだな」

真田大介がうそぶいた。

夢麿の眼に飛びこんできたのは、敵の左目をおおっている眼帯であった。

女操りにも長けた夢麿は、その秀麗な顔を歪《ゆが》めて、あっと驚きの声をあげた。

真田大介は、無事な右目をも閉じていた。

風を操るがゆえ、敵を感じとるにも風を使っていたのか。精神をとぎすますために視界をみずから塞いでいたか。

夢麿がそれを悟ったのは、横なぎにふるわれた真田大介の刃《やいば》によって、目を裂かれ、永遠の闇で生きることを余儀なくされてからだった。

「首は刈らぬ。おぬしらのは」

言った時にはもう、ひるがった刀は、雷天の右腕を落としていた。

くるくると宙に舞った手は、爆裂弾を握ったままだ。それが、すさまじい勢いで爆裂した。詰めた火薬の中に、古い錆《さ》びた釘などが仕込んである。それが四方八方に飛び散る中で、よろめく雷天を突きとばした頑十郎と、真田大介が斬り交わした。

頑十郎は一合受けたが、それが限界だった。短い忍び刀を吹き飛ばされ、両方の膝から下が斬り飛ばされた。

「小頭さまッ」

その時になって、森から下忍たちが殺到してきた。ただし、みなが同時に襲いかかれたわけではない。頑十郎と雷天が命令をくだせる状況になく、各個が判断したため、連携に隙があった。

「広場で包囲してもらった甲斐《かい》があった」

真田大介がここにいたのは、わざと敵を散開させ、時間差をつけて、各個ばらばらに討ち果たすためだ。

彼ら伊賀の忍びが、それに思い至ったのは、自分たちの腕や脚が散らばる血の池に、おのれが沈んでからのことになった。

呻《うめ》き声《ごえ》をあげる者たちを、いちいち丁寧に気絶させ、刃から血をぬぐって、真田大介は息すら切らせていなかった。

倒れた伊賀者十三人の真ん中に立って、大介は、森の一角に向けて呼ばわった。

「おい、そこに隠れているやつ」

彼の声が向かった方角には、なんの気配もない。

しかし、その木の裏には確かにもうひとり、頑十郎たちでさえ気づいていなかった忍者が、隠れていたのだった。

「おまえがいちばん腕がたつようだが、ひとりで俺をつけようなどとは思うな。ふもとで人でも雇って、こいつらを運んでやるがいい。いまの伊賀者は、仲間を見捨てぬと聞いたぞ。ついでに幕府の偉いやつに言うておけ。いらぬちょっかいをかけねば、俺はいずれ千姫さまを返して姿を消す。おのれらが、自分たちは強くてなんでもできると思いあがらぬかぎり、泰平の世が誰のおかげでできあがったかを忘れずにおるうちは、おとなしゅうしておいてやる、とな」

朗々とした声で言うと、大介は、隠れた忍者にくるりと背を向けて歩きだした。

もちろん、隙などない。

彼の姿が完全に消えるまで、木の裏に隠れたひとりは、身じろぎもしなかった。

どれほど時間がすぎてからだろうか。すっかり殺気が消えてから、何も見えない森の一角から、ふううと吐息が漏れた。

「いやあ怖い怖い。千姫をさらうんだから、ただ者じゃないっていうのは理解してたつもりだったですがねえ。なんてこってすか。真田大介？　大坂の陣の後も生きてるなんてこと、正史に残されちゃ、時間線が歪むどこじゃないですよ、こりゃ。けど、どうも、あの人が歪みの元って感じがしないんだよなあ。この演算結果からして」

手にした小さな水晶板をのぞき、悩ましげに唸る。

こめかみから頬《ほお》にかけ、もみあげが白い。

左の手足は金属製。

謎めいたふるまいの忍者、四貫目《しかんめ》である。干渉せず、状況を見極めることに専念していた。より正確には、出会った瞬間に、真田大介を観察するべきと決断していた。

「すべての元凶を見つけるには、あの人を追いかけていくべきでしょうなあ。ふふ、これで伊賀の追手を断ち切ったと思いなさんな、大介さんよ。伊賀にはいろいろもっと手があるんでな」

四貫目は、ふところから小さな巻貝を取りだした。

「伊賀というか、まあこれは、我々時空パトロールの奥の手ですけど。……ごほん。もしもし。もしもし。幻也斎《げんやさい》応答せよ。こちら四貫目。幻也斎どうぞ」

四貫目が提供し、伊賀忍群を魔界戦国随一の忍者集団に押しあげた情報戦の切り札。遠隔連絡装置、遠耳貝《とおみみがい》がこれであった。

「幻也斎さん？　まずいことになったですよ。頑十郎と雷天たち、死んだのはおらんのですが、みな、当分は動けないってか、たぶんこのまま隠居ですな。けど、千姫さまの向かわれそうなところは見当がつきました。あと、松代《まつしろ》のお殿様につなぎがとりたいんですがね」

●　2.　●

信州松代を治めるのは、真田信之《のぶゆき》。聖邪大戦とうたわれた関ケ原の七日の戦《いくさ》で、徳川家《とくがわ》康を守りぬいた男。徳川について父と弟と袂《たもと》を分かった、大介の伯父である。

「遅いぞ、どこまで行っていた」

あとらは、戻ってきた大介に向かって、とげとげしい声をぶつけた。

中山道から少し外れた山中、猟師小屋を無断で借りている。

その入り口の前で、あとらは大介を待っていた。

待ちたくなどはなかったが、千姫から待つように言つけられていたのだ。

当の彼女は、小屋の中で眠っている。

「なんだ、おまえ、逃げなかったのか」

大介のほうは、のんびりした声で応じて、にやりと笑った。

「逃げましょうと言ったんだがな。一度、おまえの頼みをきくと言った上は、裏切るわけにいかんと仰《おつしや》る。だったら、あたしごときが逆らうわけにはいかん」

「どうせなら、俺が帰ってこなきゃあよかったのにってところか」

不満そうなあとらのようすに、大介がさらに笑いを広げた。

「ああ、思ってたともさ」

あとらは、大きくうなずいてやった。

まだ伊賀者たちは追いついてくれないのだろうか、と思いながら。

自分で、千姫の意向に逆らうわけにはいかない。しかし、伊賀者たちが邪魔しに来るぶんには仕方がない。

彼らが動いていないわけはないと思って、糸文字をちゃんと残してある。

だが、大介の右目で見つめられると、それを見抜かれているようで、背中がぞくりとした。ごまかすように、声をはりあげた。

「そんなことより、食べ物だ。おまえは何か精のつく食べ物を探しに行ったんだぞ」

「これが見えんかね」

大介は、右手にさげた山鳥を軽く持ち上げた。

もちろん、あとらにもそれは見えていたが、他の言葉を思い付かなかったのだ。

照れ隠しに、また噛みつくような口調で言った。

「そのようなものを姫さまに食べさせるつもりか」

「俺が精をつければいいのか？　それが望みなら応《こた》えてやらんでもないが」

無造作に近づいて、大介が、あとらの胸を掴《つか》んだ。いや、胸の谷間に指をつっこまれた。

「きさまっ!?」

彼女が剣を抜いた時にはもう、大介は間合いをとっている。

「あれだけきっちり晒《さらし》で隠していたくせに、着替えて無防備に乳を見せていると思ったら、やはりこういうことか」

大介の指先に、小さな革袋がつままれていた。蜘蛛毒を詰めてある。

「おとなしげに言っておいて、こりんやつだな、おまえも。このまま剥《は》いで思い知らせたほうがよかったか？」

大介は、毒袋を投げ返すと、すらっと脇差を抜いた。

「ひっ」

思わず胸と股間を隠したあとらに、大介は苦笑いを浮かべた。

「忍びの娘らしくもないやつだな。まあ、千姫さまのかたわらにいるなら、おまえのようなのがよいのかもしれん」

複雑な声音の意味は、あとらにはわからない。

彼女は、刃の光に目を取られている。

大介は腰を下ろし、鳥をさばきはじめた。

「なんでそんな無駄に長いのを使うんだっ。ええい、こっちへ寄越せっ」

ほっとした反動で、言葉がさらに乱暴なあとらである。しぶい顔をしつつも、小刀を取りだして、大介から鳥を奪い取った。

「そもそもがッ！　羽もむしらず血抜きもせずにバラすやつがいるかっ！」

「秀頼《ひでより》さまは文句なんぞおっしゃらなかったがなあ」

「あきらめられてただけじゃないのかっ」

ぽんぽんとまくしたてられ、大介の顔から余裕が消えるのを、あとらは初めて見た。

「いいから、あんたは火でも焚《た》いてろっ。水と薪《まき》は用意してあるから。待ってるうちに、里芋の皮むきまで終わっちゃってるんだぞ」

段々と地金が出てきて、口調がわずかにだが子供っぽくなっている。髪を頭の後ろで束ねた、この小柄な娘は、やはりまだ幼いのだ。

「山菜もいくつか抜いてきたから、味噌《みそ》で煮てめしあがってもらうぞ。姫さまの残りをあたしがいただいて、おまえは最後だ」

「ふつうに分ければいいだろう。俺が精をつけないでも、おまえは満足できるのか？」

「干からびろ、きさまっ！」

投げつけられた鳥の骨を、大介はひょいとかわした。

猟師たちが使うかまどが、小屋のすぐ脇にある。手慣れたようすで、大介は火をおこし、鍋をかけた。だしをとって味噌を溶かす。

器用だなと思って、次の瞬間、認めてなるものか、という気持ちが、あとらの中に、むくむくと首をもたげてきた。

「ふんっ。なぜ、姫さまはおまえのようなやつの頼みをきくのだ……」

鳥を器用にさばきながら、あとらは、つい気持ちを口に出してしまった。忍びとしては、まだまだ心の鍛錬不足というほかはない。

「俺の頼みを聞いてくださったわけではないだろう。秀頼さまの遺言だからだ」

「最初の旦那さま、か。大坂の陣で死んだって聞いてたけど、落ち延びていたのだな。姫さまも、それはご存知《ぞんじ》だったのかよ」

ほんの少しのわだかまりが、声に出てしまっている。どうして千姫は、そのことを自分にだけでも打ち明けてくれなかったのか、と。

「おまえは、秀頼さまのことを、そのへんの商家の主人か何かのように言うがな。仮にも天下人であったお方だぞ」

無礼を叱っているようで、大介の声もそんなに真剣なものではない。

「あんたが名前を呼ぶ時も、御主君《ごしゅくん》て感じがしないぞ」

あとらは、急いでとりつくろって、またつっけんどんな口調にした。

「だろうな」

大介はやはり穏やかなようすだ。どこに持っていたのか、長い箸など出してきて鍋の湯をかきまぜている。

「ずいぶんと長いこと、ふたりで旅しておったからな。身内のようなものだ。そう言うても、いまさら無礼にもあたらぬ」

意外に口が軽いのか？　と、あとらは思った。ならば、気になっていたことを尋ねてもいいのかもしれない。

「あんたと秀頼さまって、どうやって大坂のお城から抜け出したんだい？」

「思いだしたくないな、あの地獄みたいな戦のことは」

言葉はそうでも口ぶりは穏やかだったので、あとらは臆さず質問を重ねた。

「そんなにひどかったの？」

「おまえは知らんのか」

「知るわけないじゃないか。大坂の陣っていえば、あたしは五つか六つだ」

「なに？　おまえ、まだ十六か。いやまあ、千姫さまがお輿入《こしい》れなさった年に比べれば、とっくに大人ではあるが」

その頃の千姫やまわりの同年代の者に比べれば、言動が幼いと、大介は言外ににじませていた。あとらも、そのくらいはわかる。魔界戦国のころと、泰平のいまでは、すごしてきた境遇が違うのだ。

あとらは、つっけんどんに言った。

「あたしのことを話してるわけじゃないだろ。もう、大坂の陣のことはいいや」

話しながらも、あとらの手は止まっていない。肉をさばきおえて、下ごしらえに入っている。

「城が落ちた後は、どこの世話になってたんだい？」

「あちこちだな」

聞きだしておけば、後で伊賀者が追いついた時のみやげになるかと思ったが、大介の口もそこまでは軽くない。

「どこに厄介になっていても窮屈でな。余計なちょっかいをかけてくる者もいる。そこで秀頼さまが仰ったのだ。逃げようぞ、と」

そこだけ声音が違った。あとらにはわからないが、物真似《ものまね》なのだろう。

あとらが知るはずもないことがもうひとつある。豊臣秀頼は、大坂城から脱出した際に、重い怪我を負っていた。長生きがおぼつかぬほどの傷で、正直、あれから十年も生きていたのが不思議なほどだったのだ。

手足は不自由だった。

だが、旅の間、秀頼の心は自由だった。

大介は、秀頼から与えられた眼帯に、そっと指先を触れた。

あとらには、そのしぐさの意味もわからない。彼女は、続く大介の言葉に耳を傾けた。

「旅の間に、秀頼さまはいろいろと考えられた。で、豊臣の黄金をこの世から消すことにされたわけだが……そのありかは、まだ教えるわけにはいかん」

大介が、皮肉めいた笑みを浮かべて、かちんときたあとらが言い返そうとした時だ。

「あら、いい匂いがしていますねえ。嬉《うれ》しいわ。もう食べられる？」

小屋で仮眠をとっていた千姫が目を覚ましたらしい。

「はい、もうしわけありません。もう少々お待ちください！　急ぎますゆえ」

あとらは、料理に専念してしまった。

●3.●

「真田の海野六郎《うんのろくろう》、根津甚八《ねづじんぱち》あたりとは、何度となくやりおうたものよ」

白髪を総髪にした老忍者は、なつかしげに言った。

伊賀の幻也斎。魔界と化した戦国の世を生き延びてきた忍びのひとりだ。

彼の語りを聞いているのは、配下の伊賀者、そして彼らが立ち寄った山村の住人たちである。もちろん、住人たちにはなんの話やらわからない。

真夜中に、村はずれまで連れ出された村人たちには怯《おび》えの色が濃い。

しかし、村人たちを囲む忍びたちは、のんびりした空気をただよわせている。

そのおかげで、村人たちも逃げようとか反抗しようとか、そういった空気にはなっていなかった。子供たちなどは、眠ってしまっている。

空の月が、明るい。

上野国から信濃に入ってしばらく、軽井沢宿も間近なあたり。小さな山村であった。

千姫の行方を探すために散っていた伊賀者たちが、そこに集まっている。

頑十郎と雷天が動けなくされてから既に数日。四貫目が知らせてきた真田大介は、周到に姿をくらませていたが、やはり千姫を連れてずっと山中暮らしともゆかなかったのだろう。はりめぐらされた網に、ついにひっかかった。

大介が考えていたよりも、幕府隠密の網の目は細かかった。既に、あちこちに草のように根付かせた監視役がいる。さらに伊賀の網が優れているのは、四貫目に提供された遠耳によって、瞬時に知らせが送れることだ。いろいろと制限もある忍び道具だが、魔術妖術をのぞけば、こんなことができるのは伊賀者しかいない。もちろん、大介には予想外のことだ。

頑十郎と雷天を倒して、追手はふりきったつもりでいるだろうと、伊賀者たちは考えている。ちなみに、脅しの言葉は、服部半蔵にまでは伝えられたが、そこで握りつぶされた。たかが一人、幕府に噛みついて何ができようか、というのが半蔵の考えだ。一人が無尽蔵の力を持ちうるという、魔界戦国の教訓を、急速に忘れつつある。

大介を倒し、千姫を取り戻すために集められたのは、この程度で充分であろうと、五組三十人である。全体の指揮をとる幻也斎をふくめて、三十一人。

全国に腕利きを派遣した上で、さらにこれだけの忍者を何らかの事態のためにと余しておける忍者集団は、広儀隠密伊賀組くらいのものだ。

頑十郎と雷天らが一蹴されたとはいえ、さらに三倍の人数を用意して負けるとは思っていない。思ってはいないが、念には念を入れる。入れているつもりが、自信ゆえの思いあがりでもあるのだが。

幻也斎の思い出話は続いている。

「真田の忍びどもは強かった。戦の場では、真田勢《ぜい》は鬼神にも優《まさ》った。大局を読むような戦であれば、わしの知恵は及ばぬ。四貫目が知らせてきた真田大介めが本物で、父やら祖父やらに学んでおるなら、戦の場では会いとうはないな。これだけは、爺《じじい》のくりごととい うても信用してもろうてええぞ」

多少おどけたその口調で、幻也斎の前に控えた下忍衆から、笑いが洩《も》れた。

笑いを聞いて、村人たちも、緊張が、多少はゆるんだようだ。

「しかしなあ、ここは戦の場でない。忍びの騙《だま》しあいであれば、海野や根津、あるいは猿《さる》飛《とび》あたりに学んだものであろう。ならば、わしが読み勝てる」

と、伊賀の幻也斎は、味方を鼓舞する。

勝てるかどうかはともかく、大介の素性については、なかば間違いで、なかばは正解だ。

いまの大介の知恵は、その多くが秀頼との流浪のうちに、経験によって培われたものだ。そういう意味では間違っている。

だが、それは無地の上に成ったものではない。軍師格だった者たちに限らず、十勇士と行動をともにし、言葉より行動を通じて彼らから会得したものが基礎になっている。そういう点では正しい。

「というわけで村の衆。世の平安を乱し、幕府を転覆せんとたくらむ悪党がおる。こやつの退治を、手伝ってもらいたい」

幻也斎は満面に笑みを浮かべた。

能面のそれのごとき笑みであった。

村人たちを、冴《さ》え冴《ざ》えとした月光が照らしている。

男たち、女たちが、顔を見合わせた。

飼いならされきった民というわけでもない。戦に駆り出された経験もあれば、落ち武者狩りをしたこともある。武器はないが、男たちだけに絞っても、人数では負けていない。

勇をふるって、年長のひとりが立ち上がった。胸板が分厚い。長ではないが、村でも頭《かしら》格のひとりである。

「幕府がどうとか、めんどうなこたぁわからん。手を貸せちゅうなら貸してもええが、おらたちだって暇じゃねえ。いただくものは、へへ、いただかねえとよう」

「おお、それはもっともなこと」

笑みを浮かべたまま、幻也斎は、ふところに手をしのばせた。

「支払うのは……これじゃ」

びゅう、と何かが風を裂く音がした。

わずかな月光のもとで、それを見ることなど、村人たちを囲む忍びたちにも不可能なことだった。

破片を撒《ま》き散《ち》らして、首が飛んだ。

地蔵の首である。

村人たちは声も出なかった。

人間は、怯え過ぎれば恐慌にも陥れない。村人たちは、茫然《ぼうぜん》と立ちすくんでいる。

鋼線をよりあわせた、しなる鞭《むち》の仕業である。石の地蔵の首を刎《は》ねるような武器に、村人たちは逆らえる気もしない。幻也斎が、五十年の鍛練を重ねてきた忍び武器であった。

いまや伊賀でも、自在に使いこなせるのは彼だけだ。

「手伝えば、命をくれてやろう。あとは……これじゃ」

月光に黄金がきらめいた。

死の恐怖を忘れて、村人たちがどよめいた。

「女子供は我らと一緒に村に戻ってもらう。真田の小せがれを油断させる役に立て。男どもは、どこぞに隠れて待っていてもらおうか」

「そりゃ筋が違う。手伝うならおらたち男だ」

勇気をふるって抗議する男が、わずかながら村にはいた。

「心配はいらん」

口をはさんだのは、幻也斎の腹心である兵助《ひょうすけ》だ。黒い覆面を引き下ろし、愛嬌《あいきょう》のある、人なつっこい笑みを浮かべた。この顔が、兵助のいちばんの武器である。

「女子供に傷はつけさせん。どっちかに何かあれば残ったほうが逆らうだろう？　人質のようでいて、実際のところ、そうでもないのさ。男衆は、いざとなったらわしらの置いてく見張りを袋叩《ふくろだた》きにして戻ってくりゃいい」

「見張りはおまえじゃ、兵助」

幻也斎は、わざとらしいほどの冷たい声で言った。

「うへえ、そりゃひどい、幻也斎さま」

おどけたしぐさで、下忍たちが、げらげら笑うと、村人たちはほっと息をついた。いま、無理に逆らうこともないと思いこまされてしまったのだ。

よく考えてみれば、兵助の言葉には、何ひとつ筋の通ったところはないのだが。

「どうかな、男衆。どこぞ、しばらく隠れてもらえるところはないか。なぁに、せいぜいが一晩か二晩よ。極悪人どもが道に迷わなければのう」

おどけた兵助の態度に、村人たちが気をゆるめた。

「森の向こうに山神さまのほこらと若衆宿があるぞ。本当に、一晩か二晩じゃろうな」

さきほど暴発しかけた若者のひとりが、疑わしそうな表情で言った。

「おうおう。嘘ではない」

兵助がにこやかにうなずく。

誰にも気づかれぬよう一瞬で、幻也斎と目くばせをかわす。

（やりますか？）

（もうそういう世ではない）

という、心の通じ合いがあった。

かつての魔界戦国の世であれば、万が一の漏洩《ろうえい》を恐れての口封じで、兵助はこのにこやかな顔のまま、安心しきった村人たちに毒を盛っていただろう。

男どもならすぐに口を封じる。女子供たちは、真田大介との戦いで盾に使ったら、生き残った者は口を封じる。

そうすべきかという問いに、冷酷苛烈とみなされている幻也斎が、否と答えを返した。

魔界戦国の世では、弱い者を生贄《いけにえ》に生き延び、後の用心のために禍根を断っておくのは当たり前のことだった。幻也斎も兵助も、太平の世になろうが、それが変わるとは思っていなかった。つい、今しがたまで。

だが、現実として直面したこの時に、否定する心が自分たちに湧いた。そのことに驚いてもいる。自分らですら、ほんの十年、戦がなかっただけでこれだ。戦国魔界の世をほとんど知らぬ若い忍びなど、ゆるいものだろう。この村人たちを殺すなどといえば、たぶん反発心を抱いたに違いない。それを案じたわけではなく、自分たちの気持ちも彼らに近くなっているのだ。

泰平の世は恐ろしいものだ、と兵助は思い、しかしその恐れはむしろ心地よかった。

だからこそ、豊臣残党の真田大介、きっと捕えねばならぬ。

もの思いをふりきり、兵助は、笑みを浮かべて言った。

「すべてが終われば、働きしだいで銭を割り増ししてくださるよう、わしがお頭にかけおうてやるでな。おなご衆も子供らも、別に危ない真似をさせるわけではない」

その言葉に、女たちの何人かが、瞳に欲の色を浮かべた。

「おまえは甘いのじゃ、兵助。せいぜい、まとめて一両」

幻也斎が厳しい声で言う。

「村をまとめてなら三両くらいは」

兵助の言葉に、村人たちがざわめいた。

「ほんとうに、おぜぜがもらえるだか」

いちばん太《ふと》り肉《じし》の女が立ち上がって勢い込んだ。

「しつこく言うなら、手を貸さぬということと見て、払うものを払わぬことにしようか」

殺すぞ、という脅しの意味で幻也斎は言ったのだが、そういうややこしい言い回しは、どうも通じなかったようだ。

「あたしら、ちゃんとやりますで！　のう」

太り肉の女は、左右の女たちに忙しく顔を向けた。

幻也斎が文字通りに鞭で、兵助が飴《あめ》。これまで何度もこなしてきたので、いまさら打ち合わせもいらぬ。

これまでは、兵助の飴は毒入りだった。

いまはただ甘いだけ――。

「行ってはならぬぞ、皆の衆！」

大喝が響いた。

村人たちの真ん中で、すっくと立ちあがったのは、巨漢の僧侶であった。

「お坊さん、いったいどこから出てきなさった？」

村人が驚くようすに、伊賀者たちが一斉に警戒した。村の外に十人を集めた時からずっといた男だから、伊賀者たちは、もちろんこの村の坊主だと思いこんでいた。

違っていたようだ。

巨漢は、銅鑼《どら》のような声をはりあげた。

「ひさしぶりじゃな、伊賀の幻也斎。わしの顔を見忘れるとは情けないぞ」

「そんなことをぬかすなら、頭巾をとれぃ」

さしもの幻也斎も動揺している。策士を気取っていながら、その自分が騙されていたなどとは。いったい、いつの間にまぎれこんでいたのか、この巨漢は。あまりに自然体で気づかなかったというのか。

しかも口ぶりからして、かつて戦った相手のようだ。

生きのびた敵というなら、心当たりはいくつかある。しかし、この体格で思いだす宿敵といえば、ひとりしかいなかった。

だが、それはありえない。

頭巾を取ればわかると言ったが、まさか本当にそうするとは、幻也斎も予測していなかった。ところが、巨漢はこう返したものだ。

「おう、そうであったな。すまんすまん」

かっかっかと明るい笑い声をあげつつ、巨漢は、無造作におのが頭巾をはぎとった。

「げえっ、きさま！」

ありえないと考えた相手が、そこに立っていた。自分の目が信じられない。

その相手が死ぬところをかつて見た。そもそもが、とどめを刺したのが幻也斎だ。

「三好清海入道《みよしせいかいにゅうどう》ぅぅぅっっ！」

その名を呼ぶのに、幻也斎の声が上ずった。

真田信繁が配下で名を轟かせた十人の忍びのうち、純粋な武力としては最強とみなされていた、僧形のつわもの。

であったが。

「なぜ、どうして、おまえが生きておる？　まさか魔界堕《お》ちしおったか！」

「おお、さすがに何度もやりおうた間柄じゃ。拙僧を覚えていてくれたかよ。ありがたし

ありがたし。しかしなあ、伊賀の幻也斎どの。魔界堕ちというのは、ちと違う」

にんまりと笑った、三好清海入道、その口が耳まで裂けた。月光の下、ぎざぎざしたサメのような歯が、ぞろりと並んでいるのがむきだしになった。

だからこその頭巾だ。

「堕ちた後、悪神を呑《の》んでまた上がってきたのよ。なのでな……戦いぶりも前と違う」

「ひいいっ」

悲鳴があがった。

村人のうち、二人が、むんずと清海入道に首を掴まれ、即座に放り投げられたのだ。

人体が軽々と宙を飛んだ。

飛ぶ村人を空中の盾として、清海入道もその巨体を宙に舞わせた。

「おのれっ」

かつての伊賀者たちであれば、躊躇をせず村人もろとも三好清海入道を攻撃していた。

だが、ひとたび柔らかくなった心は、冷酷な鋭さを取り戻すのに、いくばくかの時間を必要とした。

もちろん、清海入道はその時間を稼ぐために、村人たちを使ったのだ。

「ひぎゃあ」

地面に叩きつけられ、骨を砕いた村人が続けざまに悲鳴をあげる。

彼らで身を守った清海入道が、忍者たちの間に躍りこんでからようやく、幻也斎が声をはりあげた。

「殺せぃ！　魔界の者ぞ！」

下忍たちが抜刀し、あるいは手裏剣を、もしくはそれぞれ得意の武器をかまえた。

その時には既に、下忍のひとりが頭蓋を割られていた。軽く錫杖《しゃくじょう》をふりおろしただけに見えたが、西瓜《すいか》のように砕けていた。

左右にいた下忍が、清海入道に斬りかかった。絶妙の間合いで、どちらかをよければ、もう一方に斬られる。鍛錬を重ねた技だった。

だが、清海入道は、そもそもよけようというそぶりさえ見せなかった。

右の肩と左の腕に食いこんだ刃が、音を立ててはじきかえされた。

衣は切り裂かれている。

「鎧でも着こんでいたかッ？」

思わず叫び、切れ目を注視した伊賀者が、驚愕の色を浮かべた。見えたのは鋼の色などではない。月光にすら鮮やかにきらめく、生々しい魚鱗《ぎょりん》だ。

「地獄より、悪神の力を得て這い出《はいで》てきたと申したであろう。いまの拙僧はな、三好清海入道堕魂《ダゴン》と申すのじゃ」

ダゴン。それは古代中東で崇《あが》められた海の神だ。

そんな知識はむろん、伊賀者にはない。

知識を得る機会も失われた。右は錫杖によって脳漿《のうしょう》を飛び散らせ、左は鉄槌《てっつい》のごとき拳で鼻を頭の裏側にまでめりこまされた。

「おのれっ」

近づいては危険だと、まわりから手裏剣が雨あられとふりそそいだ。だが、渾身《こんしん》の力を込めた刃が通じぬ硬質な魚鱗の肉体に、そんなものが通じるわけもない。はじかれ飛んだ手裏剣で、村人たちが傷ついた。

村人たちの間で、わあっ、と悲鳴があがったのは、ようやくその時になってからである。何がどうなっているかの事情はともかく、このままではおのれの命が危ないのだということを、ようやく悟ったのだ。

逃げ惑う村人たちが、伊賀者の動きを妨害する。

「ええい、邪魔だ！」

しかし、いまだ伊賀者たちは、かつての非情さを取り戻せずにいた。

「昔は、子供を盾に使うのは、おぬしらのほうじゃったのになあ」

かんらかんらと笑いつつ、前を駆け抜けようとした子供ごと、清海入道が伊賀者を打ち砕いた。錫杖に、ぬるぬるとした血と臓物がまとわりつく。

おぞましくも腸《はらわた》をたなびかせ、老女もろともに伊賀者を殺す。

「逃げろや、皆の衆。早う逃げろ!」

げらげらと笑う清海入道を、幻也斎は茫然と見つめた。

かつて清海入道を殺した時、幻也斎は、無関係の村娘を人質にとった。ただ水一杯をもらった少女のために、清海入道は、抵抗せずに死んだ。

けれど、いまは。

立場が逆転した、とは思わない。

そもそも清海入道は、人質にしてなどいない。単に、逃げ惑う村人を気にしていないだけだ。それがはからずも、伊賀者たちへの目隠しとなり盾となっている。

「ええい、落ち着け。まずは距離を取れ。村人たちと離れるのだ! 兵助、あれを!」

「さ、さようでござった」

お人好《ひとよ》しの笑みを消し、兵助はふところから煙玉を取りだした。頑十郎配下の者たちが使っていた、視界を塞ぐための物に似ている。だが、兵助がさらに独自の工夫をこらしてある。致死の毒煙もあれば、眠りをもたらすものも。

その時だった。

「……おい、清海。村人は使うと言ったろう。あまり無駄使いするな」

冷ややかな声がどこからか響いた。

その正体を伊賀者たちは知りようもなかったが、清海入道はもちろんわかる。

「ほい、これはすまなんだ」

首を縮めて、頭をかいた。

「ではまあ、こういうことにしておくか」

がははと笑って、清海入道は印を結び、念をこらした。

彼の足下から、ざあっと水が湧きだした。海水だ。潮の香りがする。山の村人には、はじめて嗅ぐものだったろう。流れる水が彼らの足をすくい、運んでゆく。逆らう気になれば難しいほどの流れではないが、村人たちはそのまま身を任せた。あっという間に、清海入道の周囲から人がいなくなる。

驚愕して動きを止めてしまった下忍たちを、幻也斎が叱咤《しった》した。

「うろたえるな。この程度、低級の妖怪でもこなすくらいの術ぞ！　むしろこちらに有利になったではないか。封じ縄を使え」

「あいにく、拙僧のこれは神法じゃ」

僧形、仏法の徒でありながら神を名乗るが、この時代の感覚であれば、神仏は明確な線が引かれるものでもない。

それはともかく、清海入道がどう言おうが、伊賀者としては上の命令に従わねばならない。

村人たちがいなくなり、清海入道がぽつんとひとり立っているところへ、四方八方から、封じ札をよりあわせた縄が飛んだ。細い鉄鎖よりも強度で勝るほどの代物だ。

手にしているのは、捕縛封印の術を得意とする者たちだ。見事に、清海入道の手足を絡め取った。封じ縄を通して鍛えた念を流しこめば、もう動けない——はずだった。

「がっはははは！　ちりちりするのう！」

封じ札の感触をそのように言ったのか——清海入道は豪快な笑いを響かせた。それとともに、ぐいっとおのが右腕を引き寄せる。右手首に絡めた封じ縄を左手でつかみ、一気にたぐりよせた。

そこでとっさに離せばよかったものを、頑張ってしまったのが間違いだ。縄をつかんだまま、伊賀者が宙に舞った。

「ほうい、ほいっ」

太い指に太い腕、げじげじ眉毛。どこをとっても分厚いその見かけにしては、清海入道は器用だった。掛け声とともに、封じ縄をくるりと回す。縄が、持ち主の手首を縛った。これでもう離れられない。

「そうらそうら。そらそらそらそら」

伊賀者たちが悲鳴をあげた。

清海入道は、しがみついた伊賀者ごと、縄を振り回した。人の重さが分銅となって、取り囲んでいた伊賀者たちを次々になぎ倒す。十人ばかり、肉を砕かれ骨を折られた。分銅にされた下忍は、もはや原型をとどめていない。放り出された。

「ひるむな！　縄でダメなら……」

「喝ッ！　おのれで来い、幻也斎！　来ぬなら拙僧が行ってやろう！」

清海入道のずんぐりした指が、またも器用に動いて複雑な印を結んだ。

「うがるなふ！　ふたぐん！」

奇怪な気合いを発すると、清海入道の足下から間欠泉が凄《すさ》まじい勢いで吹き上がり、彼の身体が、それに乗って高く躍り上がった。

「阿呆《あほう》めが！　空中の不利を知れ！」

幻也斎が、配下に命令をくだす。

だが、空中の不利とは何をいうのか。支えるものがなく、動きがたやすく予測でき、自分に向けられた攻撃をかわせないことをいうはずだ。

並みの刃のことごとくをはじく鉄鱗をそなえ、噴流を足場として向きも変えられるのであれば、どこに不利があるだろう？

上方からの攻撃にさらされる、大地にいる者がむしろ不利。

「兵助……！」

腹心に呼びかけつつ、幻也斎はおのれの得意技を放とうとした。人の首を刎ねることもかなう、鋼の鞭だ。狙い通り、清海入道の太い首に巻きついた。

わずかに食いこむことさえなかった。

雪崩《なだ》れ落ちた巨槌《おおづち》のような拳が、幻也斎の頭蓋を、一瞬で汚泥に変えた。

「がはははあああ！　十年ごしじゃあああ」

以前、幻也斎に殺されたお返しだということだろう。

「おのれっ……。死なばもろとも……っ」

勝ち誇る清海入道めがけて、兵助が、もはやまわりの被害も気にせず、とりだした猛毒の煙玉を投げつけようとした。

だが、彼の腕は、ふりあげられた次の瞬間に、だらりと力なく落ちていた。

その首から上が、真っ黒に焦げている。

伐《き》られた樹木のごとく倒れ、毒煙の玉が手から転げ落ちた。と、玉が破裂した。黒い煙がたちのぼった。伊賀きっての毒煙の使い手が、切り札にとっておいたしろものである。

だがその猛毒の煙は、無秩序に広がったりはしなかった。天空から吹いてきた風が、猛毒煙を束ねて運び、残った伊賀者の半数を襲った。

苦鳴を漏らしながら倒れ伏し、ぴくぴくと震えている伊賀者たちは、おのれがすぐに死ぬことを悟ってから、朽ちていった。

死んだことさえ気づかず、天空からの熱風で、一気に全身を干からびさせて死んだ同輩と、どちらが幸運であったろうか。

どちらにせよ不幸だが。

天空から吹いた死の風が、実体を持って大地におりる。

兵助と残っていた伊賀者とを殺したのは、頭上を一気に飛び抜けた、四枚の翼を持つ男であった。

「……遊び過ぎだ、清海入道」

着地した翼の男が冷たいかすれ声で言った。

おりてきた男は、鼻も顎も尖《とが》っている、その男の名は根津甚八。

「……僧形なら村におって不思議はない。ひとりで探ってくる……などと珍しゅう殊勝なことを申したかと思えば、ひとりで楽しみよって」

「遊んだのは許せや。十年前に拙僧を殺した相手と、まさかこんなところで出会うとは思うてもみんかったのじゃ。多少は浮かれてもやむをえまいが」

禿頭《とくとう》の巨漢は、拗《す》ねた子供のような表情で言い訳した。

甚八は、じろりと鋭い目を向けただけだった。その目はすぐに、少し離れたところで、どうしていいやらわからず、固まってうずくまる村人たちに向けられた。

集団の中から、ひとつの影が分かれ出た。立ち上がって近寄ってきたのは、あの太り肉の女だった。たいした勇気である。さすがに根津甚八に話しかけるのは無理で、陽気な笑いを浮かべた清海入道に声をかけたが。清海入道の顔は、尋常のものに戻っていた。

「お、お坊さま。いったい、何がどうなっとるんだか。あたしらがもらえるはずの銭はどうなったんで」

勇気ではなくて、強欲のなせるわざだったようだ。

「わしらを助けてくれるんなら、そこまで面倒みておくれよ」

「やめい、おくま！　こいつらは化け物じゃ。早う逃げるんじゃ」

若者たちの頭目格の青年は、幼い妹を抱えあげ、清海入道と根津甚八に背を向け——そしてぴたりを動きを止めた。

「あんたたち、どこへ行ってもらっても困る。わたしたちが使うのじゃから」

行く手には、女が、いた。

夜の最も深いところから這いだしてきたのだ。

村人たちをはさみこむ位置に。

妖艶、豊満、淫靡《いんび》、どう形容しても足りない。乱れた髪に乱れた尼僧の衣。大きく張った乳房は、先端がぎりぎり、尼僧の衣からはみ出ている。隠しきれていない。

清海入道の妹、伊三《いさ》入道である。

「そなたら、可哀そうなことですわ」

大きな美しい瞳から、ぽろぽろと涙がこぼれている。

「兄者と甚八に目をつけられるなど、本当にかわいそう。別に近くであればどの村でもよかったのに。わたしたちを恨まず、兄者と甚八を恨んでおくれませせよなあ」

ぐずり、と鼻をすすって、伊三入道は泣いている。

村人たちは、自分たちへの同情をあらわにされればされるほど、怯えていた。

なぜ、どうして、自分たちが哀れまれねばならぬかを、理解してしまったからだ。

「本当に哀れなことですけれど」

泣きながら、伊三入道は村人たちを見回した。

「わたしらの子たちの、宿になってくださいませなあ」

伊三入道は、朱唇をにんまりと歪めた。男たちのほとんどがごくりと唾を呑み、女たちの半分が反発し、残る半分が憧れる。そんな笑みだった。だから、彼女が口にした言葉に反応するのが遅れた。

伊三入道の笑みが、さらに広がった。見る見るうち、朱唇が頬から耳の付け根まで裂けた。先ほどの清海入道に似ている。ただし、あの時、兄があらわにしたのは鮫《さめ》の歯だった。彼女がむきだしにしたのは、蟲《むし》の顎だ。

「ひぁっ？」

すぐ前に立っていた太り肉の女が、悲鳴とも驚愕ともしれぬ声をあげ、その中に、一匹の蝿《はえ》が飛びこんだ。

女はぱくりと口を閉じ、そしてわずかな時間の後に、また口を開けた。

「あがらが、まがらはれろるるるるる」

女の目がくるりと裏返り、手足が痙攣《けいれん》をはじめる。耳と鼻の穴から赤い粘液が流れ出た。

「わたしたちに憑《つ》いた神は、蠅の王べるぜばぶと申さるるですわなあ」

蟲の顎がぱっくりと開いたままだというのに、伊三入道の声は不思議と明瞭だった。そして、伊三入道の喉の奥から、どっと蠅があふれ出た。もはや、逃げようとしても遅い。この村の住人、老若男女百十四人。線香一本燃え尽きるまでの時もかからず、皆、死んだ。

食われた。

脳を。

●4.●

この歴史線上、この時代の軽井沢宿は、まださほど大きくはない。しかし、中山道六十九次のひとつとして、それなりに賑《にぎ》わってはいる。

長い戦乱の世が終わりを告げ、商用やら廻国《かいこく》修行やら、旅をする者も増え始めていた。

その旅人にまじって、千姫たちは、軽井沢宿にあらわれた。千姫は、あとらが調達してきた衣装をまとって、中級武家の奥方を装っている。あとらはその召使い。大介はいつもの廻国武芸者らしい旅姿だから、用心棒に見えるだろう。

　本来なら、ここに足を踏み入れるつもりではなかった。追手の目をくらますために、大介と千姫は、野の旅を続けるつもりでいたのだ。

　もちろん、あとらは反対だったが、わかりやすいその表情以外では示さなかった。だが、あとらにとって幸いなことに、昨日、千姫はわずかに発熱した。

　既に熱はさがっているし、本人は平気なつもりだが、あとらは、今夜はなんとしてもゆっくり休んでいただくと強硬に言い張った。

　驚いたことに、大介はあっさりと承知した。そればかりか、山中の村に宿を求めようとしたあとらを制して、軽井沢宿を薦めたのだ。

　軽井沢宿の、さまざまな店が並ぶ通りのちょうど中央に、向かい合う大きな宿が二軒ある。大名なども泊まることがある宿だ。

　あとらは、千姫をそこに泊まらせるつもりだった。

　しかし、宿場に入ってすぐ、歩いている前に、みすぼらしい毬《まり》がころがってきたのである。いまにも紐《ひも》がほどけて、バラバラになりそうだった。

　千姫は拾いあげて、それを突いていた幼い娘に笑いかけた。

　娘の足下で、さらに幼い子がだあだあと手を叩いていた。子守をしていたのだろう
「……そちらは、弟さんですの？」

問われて娘は、こっくりとうなずいた。

「宿をお探しなら、うちへどうぞ！」

自分の背後に建っている、というか、かしいでいる宿を示した。

しっかりした娘である。

「そうね。ここにしましょう。よろしいわね」

「……お千さまがよいのであれば」

正体を隠す気もあまりない偽名で呼び、大介はそっけなくうなずいた。

あとらは、理由がわかったので、しぶしぶうなずいた。『格が』とか言いたそうな顔をしていたが、千姫がここにと言った心情がわかったのだろう。口は、はさまなかった。

大坂落城の後、父秀忠によって本多忠刻《ほんだただとき》に嫁いだ千姫は、子を孕《はら》んだ。

本多家の跡取りである。

だが、その子はわずか三歳で世を去った。

この時代、子供が無事に成人まで育つことのほうが珍しい。だからといって、悲しまぬわけではないのだ。ましてや嫡男として期待されていた子であれば、たとえ高貴の人として直接育てていたわけでないにしても、周囲からは『弱い子を産んだ』という失望の目で見られる。

秀頼との間には、できなかったわけではない。孕んだが、流れた。

流した後は、二度と子を持てぬのではないかと思ったりもしたと、あとらにこぼしたこともある。豊臣国松と名も決まっていたその子も、産まれていれば、しょせんは大坂城が落ちた時に殺されていたのであろうが。いや、そんなありえた別の歴史のことを考えたて、哀《かな》しみが癒《い》えるわけもないのだが。

癒《いや》しといえば、江戸行きである。千姫が気をまぎらわすため、そして周囲の失望の目から距離を置くための、江戸への里帰りであったのだ。

そして、姉である娘の足下で遊んでいた男の子は、ちょうど千姫が喪《うしな》った息子と同じ年頃であった。乞われて、断れるわけがあろうか。

ちなみに、ころがってきた毬を拾った千姫は、形が面白いから自分にくれぬか、代わりに新しいのを買って進ぜるゆえ、と言った。

ただ新しいものを、と言っても遠慮するであろうと思ってのことである。だが、子守りの娘は首をふった。

「これは婆ちゃが作ってくれたもんじゃし」

しまった、と思って、千姫は謝ろうとした。その機先を制して娘は続けた。

「けど、この子のおもちゃとやったら、とっかえてもええ」

それを聞いて千姫は、泣き笑いの顔になって、あとらと大介をふりかえった。もちろん、手元に毬など持ってはいない。

「はい、ただちに……」

「いや、俺が買って来よう」

大介が、あとらをさえぎり、ふいっと行き交う人びとの間に姿を消した。

しばらくして戻ってきて、毬と犬追車をあとらに渡すなり。

「ちと、用ができた。夕飯には戻ると、宿の者には言っておいてくれ」

そう言って、日の傾きかけた町へ消えて行ったのである。

結局、夜のかなり更けた今も、まだ戻っていない。

「大介のやつばらめは、どこに行きおったのでしょうかね。目を離すと、すぐにふらっとどこかに消えて、帰ってきやしません」

ぞんざいな口調で言って、頬いっぱいに飯をほおばったのは、あとらである。

宿の部屋で、千姫とさしむかいで、夕食をとっていた。白米の飯に炙《あぶ》った干物、味噌汁《みそしる》に漬物。たいしたものではないが、他人が作って出してくれるだけで贅沢《ぜいたく》だ。

今夜は布団で眠れる。これも贅沢だ。

旅をはじめて五日め。ずっと緊張していたあとらだが、昨日今日あたりから、表情が柔らかくなったと、千姫は思う。いつものように、いや、むしろ、旅に出る前、幼いあとらと出会ってしばらくした頃の彼女に戻ったような、そんな気がした。

ほっぺたを、白い米でふくらませた幸せそうな顔。あとらが子どもの頃には、いつも見ていた表情だった。

「……あの、なにか？」

千姫の視線に気がついて、あとらが姿勢を正そうとする。

「よいの。よいのですよ。なんでもありません」

千姫は、箸を持った手をひらひらとふった。

行儀の悪いことだと思うが、この娘相手だと、そういったふるまいのほうが似合う気がする。

「それより、大介どの、お帰りが遅い」

「ですよ！　せっかくの夕餉《ゆうげ》が冷めてしまいます！」

あとらの口から、飯粒が飛び出した。

「あとらは、食べものをおろそかにする人がほんとうに嫌いですわねえ」

千姫は、ころころと笑った。十六のあとらと倍近く年は離れているのだし、もうちょっと大人らしく振る舞おうとは思うのだが、まわりが皆それでよろしいと言うので、つい甘えてしまっている。

「けれど、大介どのも、好きでご飯を冷ましてしまっているのではないと思うわ。そして冷めてはもったいないから、わたくしたちでいただいてしまいましょう」

そう言って千姫は、空になった汁椀《しるわん》を、湯気の衰えた膳のものと取り換えた。

「は、はあ。よろしいので」

あとらが、びくついた目を向けた。おのれが、昨夜の野宿で、大介の魚をかすめとった時の記憶がよぎったと見える。乳首はまだ少し痛む。

「もちろん、よろしいのです」

そう言って千姫は、干物を裂いて半分をぱくり。

「大介さんは、自分で工夫されますよ。あ、お米は半分こにしましょうね」

「熱もさがられ、食欲もおありで、あとらは、ほっといたしました。……が、どうかほどほどに」

「大丈夫ですよ？　昨日の熱は何かの気の迷いです」

強がっているわけではない。千姫は健啖家《けんたんか》である。

なにせ、戦国の世を生き抜いてきた女たちに鍛えられてきたのだ。日本のいただきに立った家柄の娘であり嫁であっても、戦国大名の娘である。公家《くげ》の深窓の姫ぎみではない。必要な時には動けるよう、飯も食えば、足腰もしっかりしている。

といってももちろん、本職の武人である大介や、忍びのあとらには、遥かに及ばないことも承知している。背負えと甘えるのも、いざという時のために体力を温存しておこうという考えからだ。

「それにしても毎日、どこへ消えるのでしょう。本人が急ぐと言いながら、これでは一向に旅のはかがゆきません」

　開き直って漬物と米の飯を口いっぱいにほうばりながら、あとらが言った。不思議と言語明瞭であるのは、忍法の一種ででもあるのか。

「仕方ないでしょう。あなたが糸文字を残すのをあきらめないのですから。追っ手を邪魔しに行っているのです。なるべく殺さないようにお願いはしてありますけれど」

「……っ！」

　驚愕はしたが、飯を吹きだしたりするようなことはなかった。

　代わりに喉に詰まらせた。

「お茶を飲みなさい。ちょうどよく冷めていますよ」

　さしだしてやるほどには、主従の秩序を崩さぬ千姫である。

　言われた通りに茶をがぶがぶと飲み干して、なんとか一息ついたあとらは、恨みがましい目つきで千姫を見た。

「教えられたのですか……？」

「まさかそんなこと」

　千姫は、ころころと笑って、落ち着いた態度で茶を一口ふくんだ。

「茶の葉をただ煮出しただけのものですけれど、白湯《さゆ》よりはましですわね」

　と言った後で、あとらがまだじっと千姫を見ているので、仕方なく続けた。

「……わたくしは、あなたを知っているから、そうしたのだと思っただけ。大介どのは、あなたを見ていてわかったのでしょう。子供のころから目ざとい人でした」

「よろしいのですか、姫さまは。このまま助けが来なくても！」

「来てしまったら仕方ありませんけれど、できれば、わたくしは秀頼さまに託されたこと、果たしたくはありますわねえ」

「姫さま、声が大きゅうございます！」

「あなたの声がいちばん大きいですわよ。……あら、この糠漬《ぬかづ》け、美味《おい》しいわ」

ぽりぽりと音を立ててかじり、またお茶を飲む。

あとらは、ぐっとくちびるをかみしめて、そのようすを見ていたが、やがて小さな声で、こう尋ねた。

「姫さまは、あの男が本当に莫大《ばくだい》な財宝を沈めるつもりなんてあると思いますか？」

「あら、どういうことかしら」

反問されて、あとらはぐっと言葉に詰まった。

どういうことだかは、千姫のほうがずっとよくわかっているはずだと思い、釈迦《しやか》に説法していいのかどうか、迷っているのだ。

「真田といえば、最後の最後まで徳川に従わなかった一族で……」

「そんなことないわよ。半分だけよ」

千姫が言うと、あとらはまたもや言葉に詰まった。先代の嫡男、つまりはいまの正統真田家は、関ケ原以前から徳川家に仕えている。それに、幼かった大介の弟たちにも、徳川傘下の大名の家臣となっている者がいるのだ。

あとらもそのことは知っていた。だが、彼女は、実際の戦国の世を知らぬ世代だ。その世代にとっては、真田といえば思い浮かべるのはふたり。

まずは、関ケ原へ向かう秀忠を食い止め続けた智謀《ちぼう》の鬼神、大介の祖父昌幸《まさゆき》。

そして大介の父は、大阪の陣で、〈冷酷の聖神〉家康を倒すまであと一歩と迫りながら、大坂城に降臨しかけた魔神を滅ぼすために引き返し、食い止めた。

大介は、わずか十五歳で、父とともに徳川家と戦いぬいた。

「意地悪を言いましたわね」

食事を綺麗に終えて、千姫は、優しい笑顔をあとらに向けた。

「もちろん、大介どのが、徳川家に恨みも持たず、いまの泰平の世を愉快に思っているということはありえないでしょうね。でも……」

千姫は言葉をとぎらせた。

天下を魔界から守る大義も捨てて、その地位を守るために魔神の召喚を試みた豊臣を、いまさら再興しようなどと、命を捨てて魔神召喚を阻んだ男の息子が、考えるわけはないのだ。

だが、千姫は、それをあとらには言わないことにした。このことは、豊臣の中枢にいた者と、徳川将軍家が認めたわずかな人間しか知らない。いまの夫すら知らぬことだ。そんな秘密を、この一途《いちず》な少女に背負わせるのは哀れだと思った。

だからこう言った。

「旦那さまもいないのに、大介どのが、いまさら豊臣に尽くす義理もありません」

何か言い返す言葉はないか、そうあとらが考えているのが、千姫には手に取るようにわかった。たとえば、大介が嘘をついている可能性だってある。彼の人柄を無視すれば、理由はいくつでも思いついた。

だが、どういう理屈を口にしても、千姫の心を傷つけるかもしれないと、あとらは案じている。忍びの修行を積んだはずのこの娘は、実に顔色が読みやすい。

「あとらの心配はわかるけれど、偽りということはないでしょう。そんな嘘をつく意味はない。大介どのの目を見ればわかります」

これは言ってよいことだろうかと、千姫は迷った。

自分は、あとらをどこまで連れて行くつもりなのだろう。

この子は、千姫にとって心の安らぎだ。いつまでも一緒にいて欲しい。だが、彼女を死なせるわけにいかない理由が、千姫にはある。

うかつなことを教えて、間違った判断をされては困る。教えずに間違われてもなお困る。

いまから話すことくらいなら、よいだろうか。

「……大介どのの目に似た目つきの殿方を、わたくしはたくさん見てきましたの。大坂で。あれは、死に場所を探す方の目ですわ」

「そういう……もの、ですか」

修羅の戦国、魔界の騒乱をくぐっておらぬあとらには、ピンと来ないようだ。

千姫が期待した反応とは、少し違っていた。

仕方がないので、もうひとつの真実も話しておくことにする。

「そもそも財宝の意味も鍵の意味も、あとらが考えているものとは違うのですよ。あの財宝はこの国を……」

と言いかけた千姫に向かって、あとらが、黙ってという仕草をした。

「ええ、ごめんください」

障子の向こうから声がした。

宿で働いている女だ。先ほども料理を運んできた。たぶん、あの姉弟の母親だろう。

「どうぞ」

あとらが言った。千姫にさがるように合図をしてくる。

用心のしすぎではないかと思うが、言われるままに、廊下に通じる障子から離れた。

あとらが割りこむ位置に移ったところで、がらりと障子が開いた。どの街道のどの宿場でも見かけるような平凡な女が、疲れ切った無表情でそこにいる。

女は平板な声で言った。

「そろそろおすみですか。……おや、もうおひとかたも戻っておられたんで？」

膳が三つとも空になっているのを見て、宿の女が、怪訝《けげん》な顔になる。

「まあそのようなところですわ」

ほほほほ、と千姫は笑って言った。女ふたりで三人前平らげた、というのは言いづらい。

女は、かくんと首をかしげた。

「それは困った」

妙に情感のこもった声だった。

今度はあとらが怪訝な顔つきになった。

「それで一体、いまはどちらへおいでで？」

女が、ぎこちない動きで顔を向けてくる。顔が止まっても、勢い余ったように眼球が行きすぎた。白目どころか、赤い裏側が見えて、そこから小さな蟲がこぼれ落ちた。

● 5. ●

「これは、あなたの仕業なんですかね？」

伊賀の四貫目は、大介に問うた。語尾はかすかにふるえている。

無理もない。彼のまわりでは、伊賀の忍びが二十人あまり、死んでいる。ある者は焼けて焦げ、ある者は頭部を粉砕され、倒れ伏していた。

夕暮れがあたりを赤く染めていて、小さな山村のすべてが血に濡《ぬ》れているようだった。

仲間たちが大介を襲撃すると聞き、手心をくわえさせねばならぬと急いで駈《か》けつけてみれば、見つけたのは、このような無残なありさまだ。

自分が、命だけは救ってやろうとしていた相手。その大介が、仲間たちの死骸を見つめて、冷然たる表情でたたずんでいた。

四貫目は知っている。姫路藩江戸屋敷のすぐそばに残された戦いの痕跡で、高温による焼け焦げがあちこちに見つかっていたことを。

ただしそれが、真田十幽鬼のアマツミカボシ佐助《さすけ》が召喚した凶星のしわざとまでは知らない。風と高熱のいずれが大介の仕業か、あるいはどちらもか、どちらもそうでないかも知ってはいない。

けれど、焦げて死んでいる者がいれば、大介を疑うに充分な理由となる。

じっと睨《にら》みつける四貫目を、大介が平然と見返した。

「俺ではないと言えば信じるのか」

大介の声は静かだった。嘲弄ではない。挑発はもちろんない。あえて言うなら諦念を、四貫目は感じとった。

わずかながら、頭が冷えた。

「こちらも訊《き》くが」

大介は、たいした関心はなさそうに、四貫目に向けて言った。

「あれは、なんのために殺したんだ？」

村人たちの死骸が転がっている。

足もとに、死骸が転がっている。

子もいた。母もいた。父もいた。祖父母もいた。山の村の住人たちだ。

「知らんですな。なぜ問うんです」

四貫目はぶっきらぼうに応じた。

正直、あちらの殺戮《さつりく》についても大介を疑う気持がある。伊賀の忍びたちも、やりかねないとは思う。実際、傷のいくつかは確実に伊賀の忍びたちによるものだ。だが、頭を粉々にされている死骸は、伊賀の忍びたちと同じ相手に殺されたとおぼしい。

が、もちろん大介が、それに気がついていないわけもなかろう。大介がぶっきらぼうなのは、こちらの反応を探るためか、それとも本当にたいした関心はないのか。

「おぬしたちが誰を殺そうが、俺は別段、気にもせぬのだが」

大介の、ひとつきり残った瞳が冷笑を浮かべている。

「生きておられれば気にしたであろう方がいて、な」

隻眼の剣士が、その夜影を揺らめかせた。

その速度は、四貫目がまったく反応できないほどのものであった。彼とて、忍びとしてはかなりの腕達者だという自負がある。剣聖と謳《うた》われた伊藤一刀斎《いとういっとうさい》の剣をかわしたこともあれば、西洋吸血鬼のレイピアとわたりあったこともあり、魔界工学をとりいれた甲賀《こうが》のからくり忍者の銃弾を見切ったこともある。

だが、その四貫目も、今この時に大介が見せた動きを見切ることはできなかった。

既に大介は、四貫目の眼前にいた。

殺気は、刃が首を刈り抜けた後で追いかけてきた。

正確には、首があったあたりを刃が抜けてから、だ。

四貫目が、自分の見切りにだけ頼っていれば間に合わなかっただろう。先にあげた三つの経験で自分の限界を知った四貫目は、義肢に、攻撃をかわすためのからくりを仕込んである。

大介は、攻撃をかわされたことに、わずかながら意外そうな表情だった。

つまり、本気で四貫目の首を刈るつもりだった、ということだ。

四貫目の頭は、完全に冷めていた。

同時に、この殺戮が大介のしわざでないことも確信する。

最初から薄々はわかっていたことだが、動揺と恐怖が怒りに変わり、解放を求めてその情動に身をゆだねてしまった。そう自己分析もした。

「我ながらまだまだ未熟で」

「おのれが未熟であれば、外した俺はなんだ」

口もとで威嚇的に笑う。大介は、四貫目の独りごとを誤解したようだ。

また、彼の姿が、一瞬だけ四貫目から見えなくなった。

視界の死角に入りこんでいるのだ。

だが、からくりによる回避は、四貫目自身の視覚には頼っていない。

義肢は、レーダー感知に反応して、質量低減効果を発揮した。剣の動きが起こす風によって、刃が届く前に四貫目は吹き飛ばされる。木の葉が舞うような動きに見えただろう。

空中で質量を取り戻し、義足の裏から圧搾空気を噴出して、大介と距離を取って着地した。

この手の未来科学技術を、忍術か魔界の妖術だと言い訳出来るこの時代は、大変都合がいい。もちろん、公儀隠密としてではない『真の』役目は、そういった言い訳が通用しない世に戻すことではあるのだが。

「いまのはなんだ？」

大介は追ってこなかった。いぶかしげな色を隻眼に浮かべつつ、剣を肩にかつぐようなかまえで、面白がる笑みをくちびるに刻んでいる。

四貫目は、大介に向けてにやりと笑ってみせた。

「いやあ、じつに危ない人ですな、あなた。すごい剣撃でしたよ。おかげさんで、こっちも肚《はら》が据ったんですけど……ねッ」

四貫目は、義足のほうで、地面を軽く、とんと踏んだ。金属の右脚から飛び出したトゲが、脚絆を突き破る。

ただそれだけであったのに、いきなり大介は膝をついた。

「おもしろい忍法を使うな」

くちびるが笑みの形にめくれあがり、牙のような歯があらわになる。

「えらく身体が重い。どういう仕組みだ？　さっきはそちらが軽くなってこちらの剣に押し出されたようだったが、いまはこちらの身体がやたらと重い。……重さを操るとなれば、忍法というより妖術か」

四貫目はひそかに舌を巻いた。二重の意味で。

いま大介におよぼしている加重の効果は、並みの男なら地べたにはいつくばり、自重で気を失うほどのものだ。なのに彼は、膝立ちになっただけで耐えている。

そして、効果についても、かなり正確に見抜いていた。今の時代の人間であれば、ひだる神か何かに憑かれた、という発想になるのが自然なのだが。

おそらくは、奇怪な術者のたぐいと、何度も戦ってきているのだろう。

体重を数倍にしたくらいで、動きを封じたと思わぬほうがいい。

「このへんにしときます？　お互い、虐殺の犯人じゃないとわかったようですし？」

四貫目は、義手を油断なく大介に向けながら言った。自分につきつけられた金属の指が、どのような機能を持っているのか、大介には予想もつかないはずではあるが、聡《さと》い彼のことだ。こちらを甘く見ることはするまい。

大介の隻眼は、四貫目の瞳を見つめていた。

「忍び殺しが俺の仕業ではなく、村人どもを殺したのがおぬしらの仕事でないとしても、戦う理由は存分にあろう」

大介は、じりじりと立ち上がりかけている。

この戦国魔界で戦いをくぐりてきた気力と体力は、四貫目が使う未来の科学の威力も押しひしぐほどのものだ。四貫目は、迷った。重力を加えるには、義肢に蓄えた動力を多大に必要とする。このまま力比べをしても、先に力尽きるのがどちらかを考えると、勝てる自信はあまりなかった。

「千姫さまさえ無事に戻してもらえれば、戦う理由はないんですけど、こっちは」

少なくとも公儀隠密としては。

時間の流れを整え、魔界戦国などなかったことにせねばならぬ本当の役目としては、まだ理由がないかどうか断言はできない。断言はできないが、本当の敵はこの虐殺をしでかしたやつらだろうと、カンが告げている。

四貫目の声には、忍者の言葉にはめったに含まれないもの——つまり真実の響きという成分がまじっており、大介はそれを聞き取るだけの耳を持っていた。

重力からの過剰な影響を受けたまま、大介は立ち上がった。

そして言った。

「もちろん無事にお返しする。こちらの用はそれほど長くはかからん」

用が終われば、と言外に匂わせている。

「豊臣残党が莫大な軍資金を得て、世の中がまた戦乱に戻っちゃってからじゃ、返してもらっても困るんですが」

四貫目が言うと、大介の右目がかすかに丸くなり、左の口もとが怒気にふるえた。

「さすがは徳川家の隠密。半端なところだけ掴んで、憶測だけで人殺しを決めるあたり、関ケ原や大坂の陣のころと変わっておらんな」

「……ちょっとおい、だったら、軍資金の使い道はなんだってんですよ？」

こちらが真実を口にしているという態度でいる以上、相手も本当のことを言っていると対応するのが交渉の基本である——と、四貫目は考えている。嘘つきを嘘つきと罵ったところで羞《は》じて本当のことを言うわけもないし、真実そう思いこんでいるなら嘘だと決めつけても相手の機嫌を損ねるだけだ。真実だという主張をいったん受け入れ、ただひたすら聞くに徹して、その本音を引きずりだす。それが四貫目のやり方で、そして今回はそれほど長く辛抱する必要はなかろうと読んでいた。

　正しかった。

「使わん。妙な騒ぎのもとにならんように沈めろと頼まれたのでな。そうする」

　大介がすっかり立ち上がったので、四貫目は重力操作を停《と》めた。力を入れ過ぎていた大介の身体が、ほんの一瞬だけかしいだが、すぐに立ち直った。

　斬りかかっては来ない。

　いまのところは。

　四貫目がうなずいたのを見て、いぶかしげにしている。

「信じるのか？」

「嘘っぽすぎて、逆に信用できるって気になっちゃったんですよ」

　四貫目は肩をすくめた。大介が怪訝な顔つきになる。この時代の日本人にとって、一般的なしぐさではないということを忘れていた。

「となると、私としては、どうしたものか」

「俺の言葉をおまえが信じたところで、やはり殺しあう理由はある」

　大介は、淡々と言った。静かな殺気が、彼の真剣さをうかがわせる。

「俺が隠したものは幕府も欲しいだろう。どうせ使いこなせないとしても、な」

妙な言い方だ、と四貫目は思った。天下を取るほどの徳川家が、金の使い方を知らぬはずもないのだが——。

「つまり、私さえ見て見ぬふりをすれば、しばらくは時間が稼げるってことです？」

「……隠密が、掴んだ秘密を、上に対して黙っているとでも？」

大介の表情に、驚きと憎悪が同様の比率であらわれた。だが、それはすぐに不信へと置き換わる。無理もないと、当の四貫目でさえ思った。

隠密ならば、このような提案はありえない。したとしても、相手をひっかけ、先々には裏切るためだ。しかし、四貫目は違う。伊賀の忍者、公儀隠密というのは、この数十年の仮面にすぎないからだ。

だが、自分の正体を明かしたところで、大介が信じてくれるというのは、隠密としての自分を信じてくれるより遥かに低い確率だとしか思えなかった。

大介が、ゆっくりと殺気を膨らませてゆくのを、四貫目は感じた。

ため息をつきながら、四貫目は口を開いた。

「気持ちはわかんないでもないですよ、だけどなあ……」

言葉を続けながら、四貫目はさりげなく、ふところに手を差しこんだ。そこには、火薬を仕込んだ棒手裏剣が仕舞《しま》ってある。もちろん、伊賀の火薬ではなく、彼特製のものだ。

四貫目の気配を察した大介が、口を開く。

「……いまだけは、手を組もう……ぞッ！」

言い終らぬうちに、大介が地を蹴っていた。

首が、宙に舞う。

同時に、四貫目も爆裂手裏剣を放っていた。

胸に突き刺さって、そこが吹き飛んだ。肉片骨片が飛び散る。

胸を赤いささくれた穴にしながら、そいつは掴みかかってきた。

死骸は、二度殺せぬということか。

大介と四貫目は、互いを狙ったわけではなかった。周辺の死体たちが、ひくひくと蠢《うごめ》くのを、急速に暗くなってゆく夕暮れの中で、見てとっていたのだ。

魔界戦国をくぐりぬけてきた身には、たとえ死骸であったとて、油断できる相手ではないと身に染みている。

「与平治《よへいじ》、すぐ楽にしてやる」

同輩だったモノに呼びかけつつ、二本目の爆裂手裏剣は額を狙った。首から上が吹き飛ぶと、さすがに死骸も動かなくなった。

だが、起き上がったのは一体だけではない。

鈍い動きではあったが、死骸のおよそ半数が、のそりとその身を起こしていた。

「真田の若君！　こいつら、頭を……」

呼びかけようとして、四貫目は、おのれの愚かさに気づいた。

真田大介の剣は、もとより首刈りの剣術だ。

一切の容赦なく、起き上がった村人たちの首を刈っている。彼がひとふりするたび、ごろりごろりと首が落ちていった。

「そうか、頭か」

だけれども、いちおうそうは応じてくれた。

そして大介はこう続けた。

「確かに、操り主をつぶさねばどうにもならぬ」

四貫目が言ったのとは違う意味で『頭』をとらえていたようだ。

のろのろした動きで掴みかかってくる死骸をかわしながら、大介は、四貫目に問うてきた。

「どういう術か、心当たりはあるか」

死骸を操り、人形として敵を襲わせる。

いまはそのほとんどが駆逐されたが、魔界戦国の頃には、からくり屍兵だの悪霊憑依《ひょうい》だの魔糸操《ましく》りだの、死骸を雑兵として使う方法はいくつもあった。

術系統ごとに対処の仕方が違う。

「まだ出会ったことがない術ですな。だけど、仕掛けは見え見えではないか、と？」

四貫目は、重力操作を軽減のほうに入れて、身軽に死骸どもをかわしながら言った。爆裂手裏剣は数に限りがあるから温存したい。

その爆裂手裏剣で出来た傷口から、小さな白い蟲が、うようよと這い出てきつつあった。大介が落とした首からも、同じものが這い出てきている。ただ出てくるだけではない。生きている四貫目と大介に、じわじわとではあるが近づこうとしていた。

「俺にも入ろうとするか。生きてるうちから操られるか、そっちが試してみてくれんか」

大介が、四貫目を見ずに言った。

つまり、背中を預けている。だが、もちろん、すっかり信用してくれているわけではあるまい。うかつに殺気でも向けようものなら、一瞬で首を刈られるに決まっている。

「やですよ、囮《おとり》とか」

四貫目が返すと、大介はふむ、と鼻を鳴らした。

「蟲か。数が多い。手間がかかるな」

「手間どころですむもんです？　ここを切り抜けられるか、私ゃ心配なんですけど？」

操り手がなれてきているのか、それとも蟲が体内に満ちつつあるせいか、死骸どもの動きがなめらかになってきている。既に四方は囲まれていた。伊賀忍びの死骸に至っては、武器をかまえはじめている。

さらには、既に日は山間に沈み、あたりは急速に暗くなりつつあった。

むろん、四貫目は夜目が効く。大介とて鍛錬はしているだろう。だが、死骸と比べてどうかはわからない。顔面がぐしゃぐしゃにつぶれていても、動くのに支障はなさそうだから、こちらを捉えるのに視覚に頼っていないのは確かだ。

「よっぽど腹を据えてかからないと、私らも、無理やり仲間にされ……うぉぉっと！　いっつうっ」

四貫目は、飛来した鎖分銅を義手ではじき返し、足もとから這いのぼってきた蟲を払い落した。

蟲の数匹が、生身の手に食らいつく。

ぬるぬるした体液は、四貫目の表皮を焼いた。蟲は、身をよじって、体内にもぐりこもうとしてきた。あわてて、義手を使ってひっこぬいた。

「こりゃ、本格的にまずい」

あせりを浮かべた四貫目のつぶやきに、大介の冷たい声が応じた。

「案じるな。ここは俺の死に場所にふさわしくない」

反射的に、四貫目はこう口走っていた。

「死に場所を探して生きるとか、つまらなくはないかね、お若いの」

「忍者に言われる筋合いはないな、ご老体」

間髪容《い》れず返された。

並みの忍びであれば、おのれの命より役目を果たすことを優先する。

「命は惜しまんですが、別に死にたいと思っているわけでもないですよ。あと、白髪は若いうちからなんでね」

四貫目の切り返しに、大介は、一瞬沈黙した。笑いをこらえたようにも思えたが、気のせいだったかもしれない。

大介は、静かな態度のままで、むしゃぶりついてくる子供の死骸たちから、立て続けに首を落とした。

傷口からあふれてくる蟲と、間合いを取ろうと大介が跳躍する。

彼をめがけて、死骸忍者たちの手裏剣が飛んだ。

轟《ごう》ッと大介から噴きだした一陣の突風が、手裏剣を吹き飛ばした。

明らかに自然な風ではない。

「……真田どの？」

「おまえ、高い空か、それとも地面の下に逃げられるか？」

四貫目が発した疑念の言葉に、大介が返した口調はますます冷えていた。凍りついて火傷《やけど》しそうなほどに。四貫目はその問いに戸惑った。

「なんですよ、いきなり？」

「俺がおまえの命を気にかけてやる理由はないことを思いだした。できないなら、悪いがもろともに吹き飛んでくれ。ここにいるのが、本気になるようだ」

大介は、眼帯に指先をあてた。

轟ッ、と風が唸った。

「真田ァァァ！　大介ェェェ！」

断末魔の悲鳴のごとき、男の野太い叫びがあたりに響き、そして脆《もろ》い死骸たちが肉片と化して散らばった。

●　6.　●

夜も更けて、軽井沢の宿場。

食事を終えた、千姫たちのもとへあらわれた女の口から、白いうぞうぞと蠢く蟲が、ぼろぼろと零《こぼ》れ落《お》ちた。

「ひぁっ!?」

白刃に身をさらすのは平気でも、こういった生き物が苦手なあとらが、思わず身をすくめた瞬間だ。

音もなく閃いた刃が、女の背後から、その首を刈った。あとらに掴みかかり、蟲を送りこもうとしていた手が力を失い、上半身が倒れこんだ。

「逃げるぞ。おまえ、千姫さまを守れ」

身のあちこちを赤く染めた大介が、血刀をひっさげて、そこに立っていた。

「いっ、言われるまでもないっ！　……だが、こいつはなんだ？」

あとらは、いくらか冷静さを取り戻した。

先程、膳をさげに入ってきた女を警戒したのは、関わりない者に、余計なことを聞かれないようにだ。もし宿の女が、変装した伊賀者であったなら、あとらにとっては、大介から救いに来てくれた味方である。千姫を遠ざけたのは、あるはずはないが何かあったら困るという臆病さのためだ。

だが、女はその、あるはずのない何か、だった。首を落とされて、傷口から蟲をぼろぼろとこぼしている。ただの人であるわけはない。幕府に仕える伊賀忍び衆の忍法は世の常識を超えたものだとあとらは聞いているが、人間の体内に、うぞうぞと蠢く蟲を詰めこむようなものではない。

「佐助の仲間ですか……」

千姫が呟《つぶや》き、あとらは思いだした。

自分を叩きのめした化け物のことを、目前の敵である大介に気をとられて、ここ数日、つい失念していた。

千姫をさらった猿飛佐助は、人智《じんち》を超えた悪神を身に宿した恐るべき幽鬼だった。

っていた。

真田配下の忍者だが、ただひとりの生き残りではなく、他にも仲間がいると、大介も言
　おそらくは、あと九人。

　だが、忍び修行をはじめた頃には魔界戦国が終わっていたあとらは、致命的に経験が足りぬ。理屈で状況を呑みこんでも、さてそれからという工夫が湧いてこない。

「ぼうっとするな」

　大介が、気のこもらぬ声であとらを叱った。

「動いていても、こやつらはもう死んでいる。いま、この宿場は、どこもかしこも歩く死骸だらけだ。ほら見てみろ」

　言われて、あとらは、首を失った女を見た。おぞましい姿だ。

「ひいいいいっ」

　首が、まだ動いていた。正確にはその切り口だ。あと、まぶたと耳だ。ざわざわと蠢いている。蟲であった。幼虫のたぐいだった。蛆《うじ》である。

「蟲にたかられるなよ。こいつら、中に喰い入ってくる。身体の中から食われて、やつらの操り人形にされるぞ」

「ひいいいいっ。姫さまっ、おさがりくださいっ、もっとッ」

　顔色としては、自分が千姫の後ろにさがりたいのであろう。だが、ぎりぎりで踏みとど

まっている。幸いにして、蟲の動きは遅く、ちゃんと見ていれば逃げるのは難しくない。

この数であれば。

「つ、つぶせ、大介」

「俺とて人の子だ。こんなもの、わざわざ触りたくはない」

冗談なのか本気なのか、大介は表情を動かさない。

「焼きましょう」

最も苛烈なことを、おっとりした声で言ってのけたのは、千姫であった。はっとあとらがふりむくと、ふだんは優しげな弧を描いている眉がつりあがっている。

「あいにく、火と油が足りません。早くこちらへ」

大介は千姫にそう言うと、あとらに背を向けた。廊下に出て行く。

「おい待て！　聞いたことに答えろ。これはいったい何がどうなっているんだ」

口で問いかけつつ、あとらは、千姫と自分の荷物を手に取った。忍びの旅道具の他は、必要に応じて、あとらが手に入れてきているので、荷物は最低限である。

少し動いて、大助の荷物も取り上げた。彼の荷物も、小さくまとめられている。

大介は、廊下の気配をうかがっていた。

その背に向けて、何がどうなっているのかをもう一度問いかけようとした時だ。

掴みかかられた。

蒼黒《あお》い腕。爪の間に蟲。

突き破っている、障子を。向かい側の部屋から。

「ふひいっ？」

自分が襲われたように、あとらは奇妙な悲鳴をあげてしまった。掴みかかられたのは、実際には大介だ。彼は冷静だった。腕が届かぬようわずかな間合いを取り、あの長い直刀を横一閃《いっせん》させていた。

障子もろとも、その向こうにいた相手の首まで落としている。

「幸いこいつらは、首を斬り落とせば蟲以外は動かなくなる」

「何が幸いだ！　あたりまえだろ、いくらなんでも！」

「屍兵の中には、ばらばらにしても動くようなものもおりましたねえ」

千姫の口調は、いっそ懐かしげと言ってもいいほどのものだった。

さすがに、最後にして最大の妖術合戦、大坂の陣を目の当たりにしてきただけのことはある。人が蟲に操られているくらいでは動じない。

——わけでもなく、ぷるぷると細かく震えてはいた。

「御安心ください、姫さま。あとらがしっかりお守りいたします」

「できるのだろうな。その言葉、信用するぞ」

突き放した口調で、大介が確かめてきた。

信用する、という言葉があとらの胸に響いた。千姫の手首を握りしめ、しっかりとうなずく。

「おまえが使う首刈りの剣術ほどではないが、あたしもそれなりの修行はしているのだ」

「そうか」

応じた大介の落ち着き払った顔つきが、またあとらの不安を逆なでした。

「だが！　また訊くが！　何がどうして！　こうなっている！　姫さまを安心させろ！」

続く詰問は、そうしたいと思っていたよりも大きな声になっていた。

声を聞きつけたかのように、廊下の先にふらりと人の姿があらわれた。宿の主人とおかみだ。こちらを見て、にこにこと笑っている。

「あ……」

思わずあとらが大丈夫かと尋ねそうになった時、だだんと音高く廊下を踏んで、あるじとおかみが駆けだした。目がぐるんと裏返り、まぶたの隙間から蟲がこぼれた。

飛びかかってくる。

「蟲ごとき、もう怯えんぞ……っ！」

進み出ようとするあとらより、先んじた大介が、廊下の反対側を声で示した。

「おまえはあちらだ」

隣の部屋から、障子を壊しながら、痩せこけた老人と豊満な初老の女が出てきた。女のほうは、下品な色合いの小袖がはだけており、大きな乳房がまろび出ていた。片方だけだ。右はひきちぎられて、肉の裂け目になり、蟲がぽろぽろとこぼれている。動きはのろく、よたよたとしていた。老人のほうは、膝が片方砕けていて、立てない。

追いつかれることはないだろう。

前さえ塞がれていなければ。

「くそっ！　くそっ！」

悪態をつきながら、あとらは蜘蛛糸を放った。巻きつけて引けば切れる、特製の糸だ。正確に初老の女の首に巻きつき、切り落とした。

間髪容れず、老人の首も落とした。

あとらはこれまで、忍者として、千姫の警護の任についてきた。そして、乱戦の中で人を殺した経験はある。だがこれは――違っていた。

これは戦いではない。

ただ壊しているだけだ。罪なき人の死骸を。

こみあげてきた吐き気を、あとらは飲み下した。

老人と女だったものたちは動かなくなっており、傷口から蟲があふれ出している。

「おい、そっちはどうだ」

大介の声で、あとらはふりかえった。

そこには、大介以外の者はいない。右手側の障子がめちゃくちゃに壊れていた。宿の主人とおかみは、首を落とされ、そこに叩きこまれたのだろう。

「行くぞ。足もとに気をつけろ」

大介は、あとらと千姫を見ない。

あたりに満ちる異常な気配を、油断なく感じとろうとしているからだ。

「おう、任せろ。——姫さまは、あたしの背に」

一筋の、蟲の流れが、右の部屋から這い出てきている。

それを飛び越えて、あとらは走った。大介を追う。

誘惑に勝てず、ほんの一瞬だけ部屋の中を見る。

あとらの体が、意志に逆らってすくむ。なんとおぞましい光景だろう。蟲、蟲、蟲。

「ぼんやりするな！」

こちらも見ずに、大介が叱咤した。

彼はもう階段にさしかかっている。急いだ。追いつく。

「ちょっと待て」

淡々と大介は言った。

剣が風を切る音がした。横幅の狭い階段で、どうやってそんなことができるのかわからないが、重くて丸いものが三つばかり、階段を転がり落ちる音がした。

そして、人の身体くらいのものが倒れる、重い音が重なった。

「もういいぞ。来い。蟲どもを千姫さまに触れさせるな」

「言われるまでもっっ！」

大介への反発と、背でかすかにふるえている千姫の存在がなければ、あとらは、とっくにくじけていたかもしれない。あるいは天井へひとりで逃れていたかも。自分だけであれば前後左右だけでなく上下も移動の選択肢に入るのだが。

いや、いまは実際、下へは向かう。常人でも可能な上下移動手段、階段を利用して。

「ち、まだ来るか」

宿の使用人たちや、他の客らしい者たちが階下から押し寄せてくる。

無言の気合いとともに、大介が何度も剣をふる。そのたびに、首がぽんぽんと飛ぶ。階段の左右は狭く、ふつうなら一度ふるえば壁に食いこんでしまい、抜くのに時間が必要になるところだ。

しかし、大介はいっさい意に介していなかった。木の壁が、まるで紙のように切り裂かれて、邪魔になることさえない。どういうふうに剣を使いこなしているのか、斬った首を、壁に穴を空けて、向こうへほうりだしさえしている。

くたくたとくずれおちる胴体は、蹴り飛ばされて階下に積み重なった。

「あとら、俺と死骸を踏み台にして、姫さまをその先へ」

「呼び捨てにするなっ！　踏み台などいらん！　姫さま、しっかり掴まってくださいッ」

あとらは、左腕を真上に伸ばし、蜘蛛糸を投げた。今度のものは切り裂くのではなく、粘り貼りつくものだ。弾力性もある。

その弾力を利用して、あとらは、千姫をおぶったまま、大介の頭上を越えて跳躍した。

重なった死骸の向こうは、宿屋の帳場になっている。じわじわと切り口から広がる蟲を避《よ》けて、板の間に着地した。

「早く来い……っ」

大介に告げながら、あとらは前方を警戒した。そこで、千姫が息を呑む声を聞いた。

前と左を見ていた。右はまだだった。千姫が、そちらを見ていたのだった。首をめぐらせて、視界にそれが飛びこんで来る前からもう嫌な予感がしていた。

予感は当たった。

あの子たちがいた。新しい鞠《まり》と犬追車とを、つまり大介が買ってきてやったおもちゃを抱えている。幼い姉弟が、千姫とあとらを見上げて、にこりと笑った。

笑ったまま、目玉がぐるりと裏返った。

「よせぇぇぇぇぇっ！」

あとらが叫んだ時にはもう、子供たちの首は、落ちていた。

むろん、正しくは子供の形をした虫の容《い》れ物《もの》、でしかなかったが。

「きさまっ！」

飛びこんできた大介を、あとらは、端から血がこぼれ落ちそうな瞳で睨みつけた。

「よくも姫さまの前で！　よくも子供を！　よくも！」

大介が悪いと思ってはいない。そうするしかなかったこともわかっている。理性がそう判断できるからといって、感情が暴走せずにいられるわけでもない。

「かまいませんよ、あとら」

氷のよう、いや、磨き上げられた鋼のような声が、あとらの熱を冷ました。

千姫の震えは、止まっている。

「大介どの」

同じ声が、大介に呼びかけた。

「これは、わたくしたちが巻きこんだことですね？」

「……いかにも」

大介の顔は闇に隠れて、その表情は見えない。答える声は、地獄から吹いてくる乾いた風のようだった。

「追手の有無を確かめにまいりましたら、ここからしばらく行った山の村に死骸がたくさんころがっておりました。この蟲めらが操って襲ってきたのを切り抜け、戻りました次第。襲って、傷口から蟲を伝染《うつ》すようすで」

「急ぎましょう。それとも、ここがあなたの死に場所ですか?」

「自分より弱いものに殺されてやる筋合いはございませんな」

大介が背を伸ばした。

行灯《あんどん》のともしびが、彼を照らした。左の口もとに不敵な笑みが浮かんでいる。

「意味のある死に方をせよと、秀頼さまより申しつかっておりますゆえ」

その言葉に、あとらの中の激情がふたたびあふれた。かつて、彼女の祖父も父も兄たちも、そう言って死んでいった。土蜘蛛党の名誉を守る。土蜘蛛党の名のために。これは意味のある死だ、と。

「死に方に意味などあるか! 意味があるとすれば生き方だ!」

あとらの怒鳴り声に、大介も千姫も、彼女をふりむいた。

大介は、奇妙な表情を見せた。眩しいものでも見たように右の目を細め、そしてくちびるの左端の微笑《ほほえ》みが、とても冷たいものに変わったのだ。

「……犠牲」

千姫が、静かな声でつぶやいた。

「わたくしたちが巻きこんだのです。それは覚えておかねばなりませんでしょうね」

「申されるにおよばず」

大介は表情を消し、そして、どこかに用意してあったたいまつを見つけだして火を点《つ》けた。傷口からあふれ、じわじわと迫っていた蟲たちを炎であぶってさがらせる。

「あたしにも一本よこせ」

「おう。何本でも持っていけ」

ひょいと投げてこられたものに、空中で火を点《とも》す。火術は得意ではないが、その程度の芸当はできた。兄は、幻炎で目の形を作り、それを使って人を催眠にかけることができたし、父は凄まじい呼気によって油を霧のように吹き、炎をつけて数人の敵を一度に燃やすことができた。土蜘蛛党の面々がいてくれれば、どれほど心強いことか。だが、彼らは『死に花を咲かせる』と称して、逃げず過ちを認めず、逝《い》ってしまった。

「真田大介、あの子らへの償いをするまで死ぬことは許さん」

「おまえに許してもらう必要はない」

怒りの言葉を歯牙にもかけぬ応じように、あとらはぐぬぬと唸りつつ、大介を先に立てて、外へ飛び出した。そこは宿場を貫く、いちばん広い街道だ。

左右の家々からあふれ出た蟲の容れ物たちが、道を埋め尽くしていた。

「しゃえええええい！」

大介がそんな気合いを発するのを、あとらは初めて聞いた。

一刀で、三つの首を落とした。

しかし、行く手に道はできなかった。後ろから出てきたモノが埋めてしまったのだ。

「ならば、上だ」

あとらは、押し寄せる群衆の頭を踏みつけ、跳躍して進もうと考えた。

「待ちや、あとら」

彼女の背を、千姫がぐっとつかんだ。

「はい、姫さまは背に……」

「という意味ではありませぬ。見やれ、切り口を」

醜悪なものなど見たくはないが、千姫の指図とあっては是非もない。

首から、黒い粒のようなものが、かすかな羽音を立てて、いくつも舞い上がっていた。

蠅だ。こぼれ落ちてくるほとんどは幼虫だが、そのうちいくつかのものが互いをあい喰《は》み、肥え太り、たちまちのうちに蛹《さなぎ》となりさらに羽化して、そして飛ぶ。飛んで、蟲の容れ物たちの表皮をかじり、肉を啜《すす》った。

「うぷ……」

あとらは、こみあげてくる酸っぱいものを呑みこんだ。このような時代に忍びとして生きてきたのだ。死骸やそこいらの化け物程度なら、いまさら怯えもしないが。

「気合いを入れぬか。油断すれば我らとて食われるぞ」

大介の叱咤を受けて、あとらは武器をかまえ——戸惑った。

やつらが近づいてこない。蟲の容れ物たる人体ばかりではない。這う幼虫も翔《と》ぶ成虫も、遠巻きにしている。宿の内側からも追いすがってくる気配がなくなっていた。

いまさら炎に怯えているわけでもあるまいが。

どういうわけか、あとらたちから数歩の間合いを置いて、そこから近づいて来ない。先ほど大介に首を落とされた三つの身体が、彼我の中間に転がっているから、後退したのかもしれぬ。戦場使いの長い槍《やり》が、届くかどうかというくらいの間合いだ。

蟲の容れ物たちは、手をわずかに前に突き出し、かすかに唸りながら歩みを止めている。

つまりは、飛び出てきた宿の玄関前だけが、ぽっかり半円形に空いている。

「どうなってる?」

「知らん」

あとらの問いに、大介はそっけない。

「どのくらい、いるのでしょうか、大介どの」

「さようですな。おおよそ、二百というところですか」

千姫の問いには、丁寧な答えがあった。少しむっとする。

「俺が見て参りました燃えた村には、家の数からして、けっこうな数の住人がおったでしょう。それらが、みなこの蟲を植えつけられたとして……。植えられたやつがこの宿場に入りこみ、噛みつくなりなんなりして蟲をさらに送りこんだ、ということでしょう。つまり……」

「二百だろうがぶった斬ってやる！　この宿場の全員、敵だってことだロッ」

あとらは、左右の指十本すべてから、切り裂きの蜘蛛糸を垂れさがらせた。自信ありげに見せたが、最後で声が裏返った。

不安も当然。

敵の動きは鈍い。武器の切れ味さえ持てば、あるいはあとらと大介であれば、全てを殲《せん》滅《めっ》しうるかもしれぬ。だが、切ればそこから蟲があふれる。数百人ぶんの蟲の海、蟲の空。

「あとらや大介どのはともかく、わたくしが逃げられるかしら？」

千姫が、出された食事を残さずにすむかどうかの心配でもするような口調で言った。

「お任せください。あたしが……」

あとらの、根拠の薄い断言は、右から左へと移ってゆくかすれた声に遮られた。

「……それより……」

年老いた女の声が。

「……あたしたちに……」

奉公人らしい少年の声が。

「……降参すると……」

馬子《まご》の男の声が。

「……よいですよ……」

若い女の声が、言った。

蟲の容れ物たちが、代わる代わるに言葉を告げているのだ。

「化け物が！」

あとらは、逆上してそいつらの首をめがけて、斬撃の蜘蛛糸を飛ばした。

声を発していたものたちは、よけようともしない。ころころと首が落ち、そこから蝿の雲が沸き上がった。

「おなつかしい……大介さま。……千姫さま……は、まあ仕方ない。どっちでもないおまえ……邪魔。……死ぬか……消えるか」

またいくつもの口をめぐりつつ、蟲の容れ物たちが言う。

あとらは、むっとして怒鳴った。

「なにをぬかす！　やれるものなら……」

「落ち着かんか、阿呆」

大介が静かな声で言って、一歩、進み出た。

「懐かしいというからには十勇士、いや、十幽鬼の誰かだな」

「……おわかりに……なっては……いただけませんか……」

さすがに大介も、左の口もとをいらだちにひきつらせ、右の瞳に戸惑いを浮かべた。いくつもの声、いくつもの顔を借りているというのに、わかるはずもない。

だが、わずかな思考の後に、その表情が変わった。

大介もまた、なつかしげな微笑みを浮かべたのだ。

「そのような甘ったるいことを言うのは、伊三姉しかおらんな」

「……おお」

「……おお」

「……おお」

その声はいくつかの喉から同時に発された。

「……覚えていてくださいましたか、大介さま」

比較的長い言葉を口にしたのは、長身で豊満な若い娘だった。もちろん、抜け殻にすぎないが。長く話すと無理がかかるのか、口もとからぽろぽろ蟲がこぼれている。いや、それどころか、顎が外れて落ちた。

それでもこの娘を使ったのは、操り主が、おのれの姿に似た背恰好《せかっこう》で話したかったからかもしれない。女心のなせるわざ、というか。

大介は、女の問いに淡々と応じた。

「はじめての女のことを忘れる男は、あまりおらんな」

その答えを聞いて、あとらはぎょっと目を見開いて大介を見た。千姫は、置かれた危機的状況を一瞬忘れたのか、あらまあと呟き、姉のような顔つきで大介を見た。

伊三入道は、確か十勇士のひとり。同じ十勇士である三好清海入道の妹で、兄に劣らぬ怪力の女武者だと聞いている。しかも、その武勇に勝るとも劣らぬほどの美女だとか。

はじめての女を忘れる男はいない——大介の先ほどの言葉が、妙にあとらの胸をざわつかせていた。不潔な男だ、という嫌悪感であると、自分では思っていた。

千姫やあとらからの視線を感じてはいようが、大介は、少し青ざめた顔つきで、冷たい瞳を、崩れゆく娘の身体に向けていた。

が、次の言葉は、まるで別の場所にいた、半裸の女から発せられた。

「大介さま。佐助も申しましたでしょう。どうぞわたしたちたちと共においでください」

伊三入道は『たち』を二度、口にした。おのれの自我を、蟲たちと同一視しているゆえである。むろん、そこまではあとらたちも推察できない。

「一緒に行けばどうなる？　面白いことでもあるか？」

大介は、右の目から冷ややかな視線を向けつつ、左の口もとにはまるでこの事態を面白がっているかのような笑みを浮かべた。その笑みは皮肉だったのかもしれないが、あとらは、怒りをはじけさせた。

「こんなことが面白いわけがあるか！　ただの地獄じゃないかッ！」

「おまえらたちがここに来なけりゃ、地獄にはならなかったよ、小娘」

言葉を吐き捨てると同時に、下顎がぼとりともげ落ちた。だが、すかさず他にいる蟲の容れ物へと言葉が移る。

伊三入道に対して、大介がふたたび口を開こうとしたが、いきりたったあとらが先んじてまくしたてる。

「こちらに罪の意識を負わせようとしても無駄だ！　戦で悪いのは仕掛けたほう。非道をして悪いのは非道な手を使ったほう。そもそも、このような手を使わねば我らを追い詰めることもできん、おまえらが悪い。とにかく悪い！」

畳みかけて言い切ったあとらが息を切らせたその時に、大介が笑った。

「はっはっは」

「何がおかしいのだ！」

顔を赤くして怒鳴ったあとらに、大介はにやりと笑った。

「おまえがあんまり正しすぎるのでな。いや、からかうのでも皮肉でもない。俺は本当に感心したのだ」

大介が、あとらを見つめる瞳は真摯なもので、くちびるに浮かべた笑みは爽やかだった。

「そ、そうか。ならばよいのだ」

赤面しそうなおのれを自覚して、あとらは、ぎりぎりで表情を平静にたもった。

「よいことなどないわ」

口ごもるあとらに、憎々しげな声がかけられる。

「この程度のありさまで地獄などとは、たかが十年やそこら戦がないくらいで、忍びもなまぬるくなったものよな」

大介に対する口調とは一転した、蔑みの響きだ。

「ひとたびでよい。死んで本物を見てくれれば、そのようなこと言えなくなるぞえ」

死から蘇《よみがえ》った魔人のみが口にしうるセリフであったが、相手におのれが地獄還りであることを誇られたくらいで萎縮するあとらではない。

「はっ、語るに落ちたな化け物ども。おのれが死んだ恨みを晴らすためか、これは」

「恨みなぞないわ」

伊三入道の声が言う。

「世に一日、千五百人の赤子が生まれるならば、我らは二千を殺す。楽しいとか面白いではない。そのように生まれついた……いや死についただけのこと」

「阿呆か！　どこの誰が、殺しが楽しいというそんな連中についてゆくか！　誘うなら利なり楽なり示せというんだ」

あとらが怒鳴りつけた背後で、千姫は、一日に千五百という人数に首をかしげていた。

もちろん、いまの日本で生まれる赤ん坊の数など正確にはわからない。伊三入道は、単に数多くという意味で言っただけなのかもしれない。

だが、千姫は何か引っかかりを感じたようだ。

けれど、あとらと伊三入道は、それには気づかず舌戦を続けている。

「楽しみたいなら、わたしたちと同じように考えればよい」

「できるわけがあるか！」

「ならば利か？　けれど、金ならそちらのほうが持っていよう？　こちらには豊臣の黄金ほどの財貨はないのでのう。そちらが鍵を開けて、分けてくれぬかの？」

「えっ」

絶句したあとらに、大介が冷静な表情を向けた。

「何か余計なことを聞かれたのだろうな」

「……人の気配はなかったのだ」

あとらは身を縮めた。彼女にしてみれば、冷静な目ではなく、凍えるような瞳を向けられた、としか感じられない。

それにしても、どうやって伊三入道はあの会話を聞いていたのか、とは思う。蟲がいずれかに潜んでいたということなのだろうが。

自分が油断していたばかりに、世を乱し、人を殺し、外道なふるまいを喜びとするやつらに、大切なことを知られてしまった。

あとらはそう感じて、口を開けなくなった。

彼女の肩を、千姫がそっと掴んだ。

口をつぐんでしまったあとらの気配を感じたのか、伊三入道の次の言葉は、大介に向けられたものだった。

「金がのうても、我ら十幽鬼、困りはしませぬ。けれど、あれば役立つのは確か。持ってきていただければなおのことありがたく。さあ、またわたしたちたちとご一緒に楽しゅう殺しあいをしましょうぞ」

大介は、ゆっくりとかぶりをふった。

「殺しあいがいやなら、わたしたちを抱いてすごされてもよい。見た目はよりどりみどりです。中身は、気持ちようううごめきますぞ」

蟲の容れ物たちの股間から、何かがぼとぼとと落ちた。

本気で、これを快楽として提供しようと言っているあたり、十幽鬼は完全に、人としての感覚を失っている。

大介の、残されたひとつの瞳に、絶望の色が浮かんだ。

「悪いがな、伊三。いまさらよりを戻す気はない。あと、この世をふたたび戦国魔界に戻すつもりも、俺にはない」

「なにゆえでございます。大介さまとて、阿呆どもに翻弄され、報われずにただ死地を求めた、お父上の悲運をまのあたりにされたはず。大坂の陣のおり、寝物語に申されたではありませんか。俺は生まれるのが遅すぎたと。ならば、時のほうを逆戻りさせればよい。

他の十人は知らず、わたしたちはそのために、大介さまが望んだ戦があふれる世のために。どうか作りましょう、あなたの力を誰もが認める世を」

この時の『わたしたち』は蟲の集合体としての伊三入道のことであり、彼女は茜《あかね》を入れて十人と口走っている。だが、あとらにそこまで気づく余裕はなかった。肩に置いた手にさらに力をこめた千姫はどうなのか。

いやそれよりも、なおも強く味方になれと、おのれが秘めていた怨念を暴かれた大介はどうか。

大介は笑っていた。

声を出さず、牙のように歯を剥いて、ひとつ残ったその瞳に、冷ややかな炎を燃やしつつ、笑っていた。

あとらは、自分の肩を掴む千姫の手が、奇妙な熱を帯びるのを感じた。震えが伝わってくる。千姫は怒りを感じているのだ。

誰に対して?

その疑問を、解消する時間は与えられなかった。

大介は、一呼吸の間をおいて、伊三入道の思い出話と誘いに、こう応じた。

「そのようなこと、俺は言ったか。ああ、たしかに言ったな。だがすまぬな、伊三。あの時の俺はもうおらぬ。魔界戦国とともに消え去った」

奇妙なほどに優しい声だ。

先ほどの、伊三入道の長い言葉を伝えるために、次々に崩れ落ちていった十人近い蟲の容れ物を、ぐるりと眺めまわした。

「俺はある方を預かっておる。その方にふさわしい場所を見つけるまではな、地獄に戻るわけにはいかぬのさ」

まわりには、死んでなお苦しむ死者が満ちている。

大介は、静かな声で宣言した。

「ここが既に地獄というなら、あがいてあがいて、抜け出してみせよう」

「……そうはいかぬぞ、大介」

中年男の姿をした蟲の容れ物が言った。

もちろん声そのものは、使われている容れ物ごとに異なる。だが、口調というものは同じだった。それが明らかに違っている。

大介は、一言で、誰が話しているのかわかったようだ。

「その、人を見下した物言い。甚八だな」

「さすがだな、と言ってやろう」

尊大な口調が、素性を明かしたのであるらしい。

「おまえ、邪神が宿ろうが魔神が宿ろうが、変わらぬなあ。しかし、厄介なやつが来た」

「十勇士でいちばん冷徹な者でした」

千姫が、あとらの耳元で囁《ささや》いた。

「おまえなら、いまさら戦国乱世の魔界を取り戻そうというのもわかるぞ。栄達したがっておったからな。魔界の大名にでもなるつもりか？」

「……あいにく、いまや神を宿す身なれば、大名どころではない。帝《みかど》になれようが。しかしな、そんなことよりは我は、万軍を率いて戦がしてみたい」

それは舌なめずりするような声で、真実の響きがこもっていた。

「語りあいましたなあ、大介さま。いつも、お館さまにはかなわなんだが……」

ほんのわずかに、甚八の声に人間味が生じた。

「……そうだな」

大介も、しみじみとうなずいた。

「あの方が、もうこの世のどこにもいらっしゃらぬからには、軍略において天下第一はこの根津甚八と、世に見せつけてやりとうござってな。我の名を響かせるには、いまひとたびの魔界戦国が必要で。だからな、大介」

甚八の声が、がらりと変わった。

「……我らは、この国を魔界に還すために死についたのだ。その手伝いをしてくれるかもしれぬと思えば、こうして声をかけてやった。だが、逆らうとあれば殺す……ええい、やめぬか伊三入道。御下命のことならわかっておる。これは……」

　ふっと声が消えた。

術の向こう側でもめる気配を感じ取り、大介が挑発の言葉をかけた。

「どうした。俺を殺す算段はついたのか」

「図に乗るな、大介」

　憎々しげな声が戻ってきた。伊三入道は、黙らされたようだ。

「軍略は知ることから始まる。おまえの得意な手はもう知っている」

　怯えを誘うつもりで、たっぷり間をとった。

「すべて、佐助から聞いておるわ」

「佐助が教えた？　あやつの首なら落としたぞ？」

　いぶかしげな大介の言葉に、根津甚八は含み笑いで返答した。

「……首刈りごときで、我らを殺せるものかよ。真田大介、その女たちが生きているのは、おまえと合流させるため。おぬしの得意を封じるために生かしておいてやったと知れ。得意の風を、そやつらを巻きこんで使えるか」

　根津甚八が勝ち誇る。当の大介は、平然としている。

　あとらには、やりとりの意味がとっさにつかめなかった。その耳に千姫が囁いた。

「大介どのは、嵐を呼ぶ術を使われるのです。わたくしは見ました。でも……あれをいま使えば、蟲は一掃できるでしょうけれど、わたくしたちも天まで吹き飛ばされます」

大坂の陣においては、無数の妖術が使われ、異能の者らが跋扈《ばっこ》した。千姫は、それらを目の当たりにしてきた。忍びであるが若すぎるあとらよりは、こういったことについての判断には長けている。

「どうだ。おとなしゅう、降参せい。命はとるが、新しいのを授けてやろう。軍略において、我にかなわぬとわかったであろうが」

勢いづく甚八に、大介は静かにこう返した。

「小細工自慢か、甚八。ああ、いやいや。確かに負けは認める。そういう工夫は、おぬしにかなわぬよ、たしかにな」

わずかに言葉の間が空いた。

「……ならば大介。我らに降るがよい。それとも抗《あらが》うか？　なら、蟲どもにまず、手足から喰らわせていこう。生きながら四肢を失い、次は目、そして鼻、耳はおのれが食われる音が聞こえるように、最後まで残してやる」

「ええ加減にせぬか、甚八。そのようなつまらぬ脅しに屈する弟子であれば、連れ帰る意味もなかろうが」

重い声が響いた。甚八のものでも、伊三入道のものでもない口調を、蟲が伝えた。

「おまえもいたか、清海入道」

この場で声を中継したのは子供だったが、それでも、この短い言葉だけでも、誰のものか、大介にはわかったようだった。

「さよう。おるともよ、弟子」

三好清海入道は、身かけこそ僧形ではあるが、その中身は好敵手を求める武芸者だ。しかし、力をふるう前に経を唱えて気を落ち着かせ、必要なことかどうかを見極める男でもあった。

けれど、十勇士が十幽鬼と化した今は、果たしてどうなのか。

「あなたの豪快な笑い声を聞くのが好きでしたよ、清海入道どの」

突然に、千姫が口を開いた。

「拙僧も、姫さまに微笑んでいただくと元気が出ました。どんな難事であろうとやりとげられる気がいたしたものです。大介どのと一緒に、我らに加わってくださらぬか。さすれば、日々、生まれる赤子の倍の数が死ぬ世の中にするという面倒ごとも、楽しゅうこなせる気がいたしまする」

「面倒ならば、清海師匠」

清海入道は、一方的に大介を仏弟子とみなしていたことがある。

かつてはそれをうっとおしく思っていた大介だが、死んだと思っての十年ごしに言葉をかわす時に、かつては言わされているだけだと思っていた呼び名が、ふと口をついた。

大介は続けた。

「そのような仕事は捨ててしまえばよいではないか」

「いや、これがな、大介や」

清海入道の口調も、師匠らしく微妙に変わった。

「我らにとって、それは仕事ではない。面倒だからと飯を食わぬ、眠らぬ、息をせぬというやからはおるまいが」

「つまり、あなたがたは」

大介に代わって、千姫が問い正した。

「世に恨みがあるわけでもなく、栄達を掴める乱世を望むでもなく、ただそうするのが、自分がかくある自然な姿であるから、人を殺し、世を戦国魔界に戻そうとするのですか？何の憎しみもなしに、平和の世を壊すのですか？」

千姫の声には、一切の乱れがなく、淡々としていた。

「拙僧はそうです。甚八はおのれが軍略において第一の人材と証《あかし》を立てるため。他の十幽鬼の面々はそれぞれに、恨みなり欲なり、世を魔界戦国に戻すわけがございましょう。それは世を平和に保つ理由になんら劣るものではございませぬぞ、千姫さま。争いと波乱を求める心が、平穏と無難を求める心より劣るなどと、決めつけるものではありませぬ」

「劣らぬのなら、平穏と無難を求めても羞じることはないな、師匠」

大介に切り返されて、清海入道はおどけた声をあげた。

「ほい、しまった」

声は借り物だから違っていても、口調は昔のままで、大介は目を細めた。つるりと頭をなであげるくせを思いだしていた。

「大介さま！　わがままおっしゃらずにあたしたちと一緒においでください」

業を煮やしたのか、ふたたび伊三入道がとってかわった。

「茜さまも待っておられます！」

愕然《がくぜん》の色が、大介の表情に浮かんだ。

「誰です？」

あとらの疑問に、千姫は答えてくれた。

「大介どのの妹御」

そして震える声で、千姫は続けた。

「わたくしの影武者として死んだはずの」

「さあ、大介さま！　もう時間稼ぎもいりません！」

伊三入道がそう叫び――。

刹那、大地がぽっかりと崩れおちた。

蟲の仕業だ。

ぐずぐずと砕け倒れていった容れ物たちの死骸。そこから這い出た蟲どもは、地面を食い散らかし、深い穴を掘っていたのだ。三人の幽鬼が長い問答に応じていたのも、飛び回る蠅で視界を封じていたのも、すべてこのためであった。

小細工を得意とする根津甚八の工夫だ。

けれどしかし。

「甘いな」

と、同時に、あとらは大介の指図で準備していたものを実行した。

大介が背に回した手で、伊賀者甲賀者が使う指文字を作り、声に出すことなく、あとらにひとつの頼みをしていたのである。甚八は、千姫とあとらを巻きこむゆえ、風の妖術で蟲たちを吹き飛ばすことはできないと決めつけていた。

けれど。

「これでよいのか、真田大介！」

あとらは、蜘蛛糸をくりだすと、自分と千姫を、しっかり大介にくくりつけた。同時に、蜘蛛糸で織りあげた、軽量な布を広げた。三人で使って余裕のある天幕だ。

「それだッ！」

大介が返答する。

彼の眼帯が、正確にはその奥が、歌った。ほのかに青い輝きが漏れた。

「大介さま……！」

伊三入道のものとおぼしき、切なげな響きの声を、暴風がかき消した。嵐どころではなく、それはもはや大竜巻だ。

広げられた天幕の布が、風をはらんだ。すさまじい勢いで、あとらたちの身体ごと、空へ高々と吹き上げられる。

「……」

千姫が何かつぶやいた。たむけの経か何かであったかもしれない。

彼女らの足下では、刃を持つがごとき鋭い風が、蟲の容れ物も這う蟲どもも、飛ぶ蠅もこま切れの肉片に変えていた。

● 7. ●

「ひやあああああああ」

あとらは悲鳴をあげた。

蜘蛛の糸を投げかけて、高い木々の間や深い峡谷を、ふりこのように飛び渡ったことは何度もある。自分の糸と、修行の成果を信じていれば怖くはない。

けれど、今日は違う。

かけらも信用できない、自分を凌辱《りょうじょく》しかけたような男が起こした風に、舞いあげられているのだ。これで怯えずして、いつ怖がれというのか。

だが、その恐怖は、大介のしれっとした一言で、一気にぬぐわれた。

「風は、俺も思うままにはならんのでな。おまえがうまく捕まえて、御してくれ」

「何を無茶《むちゃ》なこと言っとるんだ、きさまぁぁ！」

人間、芯から怒ると、怖がっていられなくなるものだ。

急いで紡ぎ出せる限りの糸で編み上げた巨大な布に風を吹きこみ、空中高く舞い上がらせておいて、いまさらそれはないだろう。

「せめて、風をもう少しゆるやかにできんのか！」

怒鳴りつけてやると、大介が珍しい表情を見せた。苦笑いだ。

「さて、それがなかなかままならぬ」

「……ならば、死ね！」

眼下から、尖った罵声がはねあがってきた。

同時に、巻きあがってきた熱風が、大介の嵐にぶつかり、風を打ち消した。

「ひあっ⁉」

がくんと落ちて、上下左右を見失いかけ、あとらは悲鳴をあげた。狼狽が彼女を呑みこもうとしている。

「ひゃぁぁああ……あ？」

「落ち着いて、あとら」

千姫の囁きが、あとらを正気に返した。

自分があわてれば、この大切な方も失うことになってしまう。あとらはそれを自覚した。

襲ってきた熱風だけが残っていれば、もみくちゃにされていたろうが、不自然な風と超常の風とは、ぶつかりあって消えている。

静かな夜空を、あとらたちは落ちている。

「なんの！　あたしならできるっ！」

冴え冴えとした月光のもと、忍びとして鍛えたすべての感覚を、あとらは、指先にくくりつけた蜘蛛糸に集中した。

いまだ、ごくふつうの風の流れは残っている。あとらの操る天幕が、それを捕まえた。

落下速度がゆっくりになり、墜落死はまぬがれた。とはいえ、このままでは再び、蟲の容れ物たちのただなかに戻り、押し包まれるだけだ。

風は弱く、逃れるすべは見当たらない。

「……ははは！　永らえたつもりか。落ちて死んでおったほうが楽であったろうに！」

四枚の翼で羽ばたき、近づいてくる異形の影。

「死ねば困るのはおのれらだろう。だから一気には落とさなんだはずだぞ、甚八」

大介が皮肉の響きをこめて言う。まさしく飛び来たるのは根津甚八。その身に宿す悪神はパズズ。砂漠の熱風を操る、疫病の神だ。

むろん、そんな知識は大介やあとらにはない。おぞましい異形に変化した、奇怪な忍びだとしか思えないわけだが。

背にある四枚の鷹《たか》の翼、尻尾として生えた毒蛇、そして鉤爪《かぎづめ》の生えた手。

「顔だけは昔と変わりませんね、甚八さん」

鼻も顎も尖ったその顔だちを見て、千姫が微笑みかける。

「……確かに豊臣の黄金塊は欲しい。おぬしらの身も欲しい。だが、そちらも死にたいわけではあるまいが。ここまでは我の読みに外れなし。空に逃げるくらいのこと、考えておらぬと思ったか」

「嘘つけ！　あとづけでわかってたふりをしているだけだろ！」

既に甚八の、さかしらな言葉を不愉快に思ったあとらは、深く考える前に言い返していた。

四枚の翼を羽ばたかせて、あとらたちに高さをあわせた。

「わかっていて軽口を叩いたか、小娘？　おまえは、殺したところで困らんのだぞ？」

あとらの鼻先に、蛇の頭がつきつけられた。

二股に分かれた蛇の舌先が、あとらの鼻先を舐《な》めようと伸ばされた。

おぞましいが、もういい加減、気味悪いと感じる気持ちが麻痺していた。

「ははンっ！　蛇ごとき……こうだっ！」

がちんと音を立てて、あとらの歯と歯が噛みあった。

「……！」

蛇が、声にならない悲鳴をあげた。

鬱陶しい蛇の舌先に、あとらが思い切り噛みついたのだ。

食いちぎった肉片を、あとらは、ぺっと吐き出した。

「おのれ、舐めた真似を！」

「舐めるのと噛みつくのの区別もつかなくて、軍師とかつとまんのかよ！」

「小娘が！」

甚八が激昂《げきこう》した。

なかば無意識に、背にある翼のうち、上の二枚が動く。渦巻く熱風が生み出されて、あとらたちがぶらさがる天幕に襲いかかった。

甚八の風は、人を干からびさせ焦がすほどの熱さだ。天幕に火がついた。

がくんと落ちる。

「拾って欲しければ、屈服せよ！　これも我が読んでいた通りだ！」

「どうせ嘘だろ！　自力でなんとか……してみせ……うわっ！」

あとらは、天幕を波打たせたり、なんとか操って炎を消そうとしたが、ますます燃え広がるばかりだ。あとほんのわずかで、三人は真っ逆さまに落ちるだろう。

「その娘も拾うて欲しければ、すなおに我が軍門にくだるがよい」

甚八が勝ち誇った、その時だった。

「真田ぁぁぁ大介ぇぇぇ！」

天空を裂くような声だった。

天空を裂くように飛んできた。

三角形の矢じりに似た形だが、大きさは畳六枚ぶんほどもある。

「あらまあ、なつかしい。凧《たこ》ですか」

千姫が、少女のようにはしゃいだ声をあげた。

「……姫様、そのような場合では、ひゃあっ」

落ちかけて、あわててあとらが、糸を操る。

だが、千姫は、凧のほうを見たままだ。

「石川五右衛門《いしかわごえもん》があのようなものを使っておりましたね。釜茹《かまゆ》でから逃れて、元気にしていらっしゃるかしら」

真っ逆さまに地面に叩きつけられかねない状況で、千姫は懐かしげにそんなことを言う余裕をたもっていた。

だが、彼女の言葉は正確ではない。かの大盗石川五右衛門が使っていたのは日本古来の四角い凧で、綱によって大地とつながれ、ただ天に昇るだけ。凧は大地に対して垂直だ。近づいてくる凧は、三角に近く、大地に対して水平である。地面にも囚《とら》われない。風に乗って、あるじを運ぶ。

「千姫さまらを、こちらにぃぃ。私をぉぉ、信じてもらいましょうかぁぁ」

飛んでくるのは、伊賀の四貫目。大介の風から、これによって天に逃れ、あの村においての蟲の殲滅に巻きこまれずにすんだ。

組み立て式で、たためばふところにも収まる。とはいえ、これだけの飛行が可能なのは、みずからの重みを未来の絡繰《からく》りで軽減しているからだ。さらに、後方に投げた爆裂手裏剣の爆風で、おのれを加速している。

それほどの危険を冒しているというのに。

大介は、しかめ面で。

「来るのが遅い」

と、ぼそりと言った。

「なんだと？　助けが来ることになっていたのか？」

あとらの問いには、大介はかぶりをふった。

「来るかもしれんと思っていたが、助けかどうかはわからん……俺にとってはな」

「おい、いったいどういう……」

あとらに重ねて問わせることは、大介はさせなかった。高速で近づく四貫目のことを考えれば、そんな余裕はなかったからだ。

「あいつに掴まれ」

言うが早いか、大介は、愛用の直剣を一閃させた。

「あたしの糸が⁉」

たいていの刀ならはじきかえす強靭《きょうじん》な蜘蛛糸が、またもやあっさり断たれたことのほうが、あとらにとっては衝撃だった。

大介が宙へと身を躍らせたことよりも。

自分たちが燃える天幕から切り離されたことよりも。

茫然としているあとらに向かって、四貫目が突っこんできて、千姫ごと抱えこんだ。

と、時を同じくして。

「おおお、大介どの！　何をされる⁉」

狼狽の叫びをあげたのは、根津甚八であった。

今度ばかりは、甚八も、すべてを読んでいたふりはできなかった。

驚きすぎて、呼び名が往時に戻っている。

迷いなく、甚八は落ちる大介に向かって飛んだ。茜に命じられた優先順位のためだ。

それ以外の理由も、あったのかもしれない。

「大介！」

甚八にはわずかに遅れて、あとらも叫んだ。落ちる大介へと手をのばした彼女を、落ち着いた声が諭した。

「土蜘蛛党のお嬢さん、おとなしくしてもらえませんかね。せっかく呼ばれて来てあげたんだから、いまさら落ちないで」

「伊賀者ですね」

千姫の声が、いくらかこわばっていることに訝《いぶか》しさを感じつつ、凧で滑空してきた忍びは名乗った。

「四貫目と申します。どうぞよろしく」

「あっ、大介が！」

あとらは、その名乗りも聞いていなかった。

彼女が見たのは、甚八の蛇に捕まりかかった大介が、すさまじい体術の冴えを見せて、逆に甚八の胴体へ飛び移り、背にすっくと立ちあがる光景であった。

あらためて、その大介と甚八。

甚八の身体は、かつてよりひとまわり大きくなっていた。

こうして上に立ってみれば、それがよくわかる。

大介は、甚八の背で仁王立ちになり、魔忍と化したかつての僚友のうなじに、長剣の切っ先をぴたりとつきつけていた。

生殺与奪を握られたように見えるが、根津甚八は動揺の色をかけらも見せない。

「勝ったつもりでいるのか、大介。このくらい、既に読み切っておるわ」

跳ね上がってきた蛇の尾が、大介に迫った。

これを打ち払うために刃を動かせば、大介に隙ができる、というのが甚八の『読み』だ。

しかし、それはうまくいかなかった。

大介は、右手でうなじに切っ先をつきつけたまま、左手をふところにさしのべた。

素早く、六文銭を取りだし、投げ放った。

縁を鋭く研ぎあげて暗器に仕立てた銭を六つ、同時に投げる技である。

蛇の頭を包みこむように飛んで、右目、額、口中を貫いた。

悲鳴をあげるような動きで、蛇がのたうつ。

苦しむところへ、さらにもう六文が飛んで、蛇が動かなくなった。

「こいつはおまえとは別に生きていたのか、甚八？」

「あいにく、我らとて自分の身体の仕組みはよう知らぬ。いつ、よみがえるやもしれぬぞ」

揶揄《からか》うような声を出したつもりであったろうが、大介の耳は、あせりの響きを聞き取った。大介は、淡々とこう告げた。

「本体が死ねば、もう動くまいよ」

右の瞳に憐みの光、左の口もとに嘲りの笑み。

「背の上に立ったからとて、我が熱き風や病み風を送れぬと思うか。羽ばたきで風を起こしているわけではない。妖術なのだぞ」

「おぬしが翼をはためかせるのと、俺が首を落とすのと、どちらが早い？」

大介の首刈りに、ふりあげる動作はいらない。切っ先をうなじに突きつけたまま、甚八の首を落とせる。

甚八は唸り、そして言った。

「同時だろう。あるいはおぬしのほうが早いかもしれぬ。だが、我が首を落とさば、おぬしは大地の底まで真っ逆さまなのだぞ！」

四貫目の屍は、風によって遠く運びさられている。女たちが手をふっているが、戻ってくるのは間に合うまい。余分な重みも抱えていることだし、それほどの機敏な動きは無理だ。そもそも、可能ならあれを使って戦っていただろう。

甚八は、大きく翼をはためかせた。鷹のそれによく似た、しかしさらに軽く力強い翼だ。

「真田大介、おぬしは死んではならぬのだろうが？　ならば結局は、我が読んだ通りになる。おぬしは従うしかないの……」

甚八の言葉が途切れたのは、切っ先が、わずかではあるがうなじにめりこんだからだ。

「たしかに俺は、簡単に死ぬわけにゆかん。秀頼さまの頼みを果たすまでは」

そこまではこわばった声で言った大介だったが、ふうっと口調が柔らかくなった。

重い荷物でもおろしたように。

「だが、黄金塊の封印なら、場所を知る俺が死んでもなしとげたも同然。生きて封じようとしていたのは、ふさわしい死に場所を見つけるまでは後を追うてはならぬと命じられたからだ。けれど考えてみろ。俺の父は、日の本一の兵とたたえられた男。その日の本一を支えた知恵者、天下の軍師、根津甚八どのと刺し違えるなら、これは死に場所にふさわしいと秀頼さまも認めてくださろうよ」

大介が言い終わったその時。

彼には見えないところで、甚八が浮かべたのは、心底から満足した表情だった。

顎も鼻も、すべてが尖った男が、ぐにゃりと何もかもとろかせていたのだ。

それはほんの一瞬にすぎず、甚八はすぐに顔をひきしめた。

「よかろう、共に死んでやろうではないか！」

カカカカッと、甚八は、ひきつった笑い声をあげた。

「はるか地の底、根の国で、味方になるようおぬしをじっくりと口説いてくれよう。黄泉《よもつ》比良坂《ひらさか》の千引岩《ちびきいわ》が砕ければ、もろともにこの世に戻ってくるのだからな」

勝ち誇ってでも見せるかのように、甚八が言う。

「この世とあの世を地続きにでもしようというのか、おまえたちは。……ならば死んでも意味がないではないか」

一瞬の動揺が、大介の切っ先を、甚八のうなじからわずかに離させた。

この隙を見逃す甚八ではない。

たとえ大介が死ぬのだとしても、おのれが殺されるよりましだ。

「死ぬことに意味があるかないか！　死んでから確かめるがよい！」

甚八はその身をひねった。熱風や鉤爪、毒牙に頼るまでもない。落とせば、それだけで大介は殺せるのだ。上下さかさまになるだけで。

既に大介の剣は、甚八の首には届かぬ位置にある。

だが、翼には届いた。

大介の剣は、甚八の背を薙《な》ぎ払《はら》った。二対四枚の翼のうち、大きなほうの二枚が切り裂かれ、宙に舞った。小さなほうの翼は切り裂かれ、力を失った。

身をひるがえしてしまっていた甚八は、大きな翼を失ったことで、胴体の回転を止められなくなった。そのまま、錐《きり》もみ状態で、ぐるぐると落下をはじめる。

「ばか……なっ！」

もはや手遅れだった。

自分が助からぬことを、甚八は悟った。

だが、大介は落ちてこない。彼は切り取った翼を掴み、広げていた。あの風が、翼を支えている。大介は高みへ舞い上がってゆくのだ。

甚八は、ぐんぐん落ちてゆくというのに。

いや、そこで甚八は、まだ大介を道連れにできたかもしれない。残ったもう一対の翼は、落ち行くその身を支えることはもう無理だとしても、最期に病の風を発する余力はあった。軽井沢宿の人々を瞬く間に殺し、騒がれることなく蟲に乗っ取らせた邪風である。あるいは、強靭な大介の肉体は、妖術のもたらす病をはねのけるかもしれない。だが、風を打ち消しあいさえすれば、大介は落ちる。

甚八は、大介を見た。

おのれを、天下の軍師と認めてくれた男を。

「……ちゃんとそのこと、みなに伝えてくださるんでしょうな、大介どの」

もう一度だけ、懐かしい呼び名を使った。

名を、知恵者としての名を残したいという願いをかなえるためには、いまは大介を殺すわけにいかなくなった。

「どうせ死が満ちる世だというのに、我は何を迷うておるのか……」

自問しているうちに、甚八は機会を逸した。

「まあよい。神威を得るのは、茜さまの胎《はら》より舞い戻ってから……」

大介が引き起こした竜巻によって、もはや動く者の姿が消えた宿場町へ、その残骸のただなかへと、甚八は落ちた。

彼の肉体が砕けた時、制御を失った、すさまじい熱風が宿場を駆け抜けた。

蟲の容れ物たちの残滓《ざんし》は、瞬時に干からびて、原型を失った。

風は、木々が、炎を発するほどの強烈な熱気を帯びていたのだ。

軽井沢宿は灰燼《かいじん》に帰して、もはやここで何があったか、誰にもわからなくなった。

甚八の魂は、黄泉へとふたたび沈み、そして地上への坂道をくぐった。

なお——とある歴史線の記録では、軽井沢宿は寛永二年に山津波によって大きな被害を受け、移転して、まったくの初めから建て直されたことになっている。

第三幕 地獄はそこにいる

jabberwock

●1.●

日もすっかり高くなった。

森の木々を透かして、その向こうに見える美しい湖面が、きらきらと陽光に輝いている。

まだくすぶっている焚《た》き火に、四貫目《しかんめ》が、その湖から汲《く》んできた水をかけた。

火は丁寧に消したが、後はそのままのつもりらしい。

痕跡を残さぬことを心がける、忍びの者とも思えないやりようであった。

あとらが、じっと自分を睨《にら》みつけているのに気がついて、四貫目は、にっこりと笑ってみせた。中年男のくせに、邪気のない笑みを浮かべる。中年から老人になり、一周回って子供に返ったような笑みだ。

あとらは、その笑みにふっと怒りを抜かれてしまった。

四貫目が、その笑顔のまま、千姫《せんひめ》に問いかける。

「さて、食事も終わったし、これからどうしましょうか、千姫さま」

「どうしようも何もあるか！」

千姫の前にあとらが怒鳴った。

「すぐに姫さまを江戸へ！　安全なところにお連れするのだ！」

本来なら幕府直属の伊賀《いが》衆より、姫路藩のあとらが格下のはずだし、四貫目のほうが年長なのだが、逆上してそこらはどうでもよくなっている。また、四貫目のほうも、それを許す空気をただよわせているのだ。

「いいえ、それは遠慮しますよ、あとら」

「そうもいかないんですよ、あとらさん」

千姫の割りこみと、四貫目の返答が重なった。

「なっ、うっ、えっ」

四貫目だけならさらに怒鳴りつけていたろうが、当の千姫にもやんわりと否定されて、哀れあとらは混乱のきわみである。

「まず、私のほうの理由を説明するとですねえ」

見かねたのか、それとも懐柔するためか、四貫目がまずは口を開いた。

「考えてみてもくださいよ？　あの真田《さなだ》十勇士が、邪悪な神だかなんだかの力を持って蘇《よみがえ》ってきているわけで、こりゃ魔界戦国を通してもかなりの大物と言っていいくらいの力」

「だが、大介《だいすけ》が一体は倒した」

「佐助《さすけ》どのも首を刎《は》ねられましたわ。あと八人ですよ」

千姫が口をはさむ。

「ほほう。さすがですな、真田の大介どのは。しかしですよ、あと八人ていうのは、八人しかいない、ではなくて、八人もいる、です。やつらが口にしていた真田茜《あかね》とやらも、同じような存在だとすれば、九人になります。豊臣《とよとみ》の軍資金を狙って、また千姫さまを襲ってくるでしょうな。我々だけで江戸までたどりつける気はしません」

「どこに向かうにしても、大介どのと落ち合わねばなりません。あの方のことです。こちらが待っていれば見つけてくださることでしょう」

大介が、風の悪神パズズを宿した根津甚八《ねづじんぱち》を落とした直後、熱さを帯びた熱風が荒れ狂った。その風に吹かれた四貫目の凧《たこ》は、思いもよらぬほど遠くへ運ばれてしまったのである。

そばに見えている湖は、おそらくは諏訪湖《すわこ》であろう。

幸い、風に流されたおかげで、三好清海入道《みよしせいかいにゅうどう》と伊三《いさ》入道も振り切れたようではあるものの、大介に発見できるものは、やつらにも見出だせる。

諏訪から江戸へは、山を踏み越えていかねばならぬ。遠い。

「いかに化け物相手であっても、にっ、逃げるだけなら、なんとか。やつがいなくても」

悔し気に、あとらが唸《うな》りをあげる。

そこへ、諭すような千姫の言葉が重ねられた。

「逃げ切ることだけなら、あとらのことですから、やってくれるでしょうね。けれど、江戸に化け物を引き寄せるのは、あまり嬉《うれ》しくありません。無辜《むこ》の人々が巻きこまれるかもしれないでしょう。あの宿場の……」

千姫は言葉をとぎらせた。

「それは……その通りです……ね」

あとらはしょんぼりと肩を落とした。千姫が誰を思い浮かべたか、想像したからだ。

この時、四貫目は、ひそかに千姫のようすを窺《うかが》っている。

千姫の表情は、この先にある湖のように穏やかである。瞳は、湖より遥《はる》かに深く、底がどのような色なのかを悟らせなかった。彼女は言葉を続けた。

「それに、江戸に戻ってしまっては、秀頼《ひでより》さまの頼みをかなえることが難しく……」

「お待ちを、姫さま！」

あとらが千姫を制すると同時に、右手から糸をほとばしらせた。

「気配を隠して近づくとは、何者！」

飛んだ糸は、すべての指先からで五本。手ごたえがあったのは小指と中指の糸だけだ。

「ぬうっ」

「ぐおっ」

声をあげて、枝葉の間から引きずり出されたのは、緑の衣に身を包んだ男たちである。

衣だけではない。その膚《はだ》も緑だ。頭巾からはみ出た耳は尖《とが》り、その口から牙がはみ出ている。

「南蛮渡りの魔物かっ⁉」

あとらの驚きに四貫目の冷静なつぶやきが応じた。

「オークですかね」

「違うわ、莫迦《ばか》ども！　我ら武田透破《たけだすっぱ》の流れを汲む、緑鬼雷衆《りょくきいかづちしゅう》よ！　西洋の魔物を我が身にとりこみ使いこなしておるだけじゃ」

あとらの糸に絡めとられたひとりが吠《ほ》えた。

四貫目が、小さく首を傾けて、あとらを見た。

「ああ、なるほど。御同類？」

「我らを、このようなにわかと一緒にするな。土蜘蛛《つちぐも》は古来よりこの国に住まう魔物の血脈ぞ。魔界戦国より古いのだ！」

激昂《げきこう》して口走ってから、あとらははっと気づいて千姫を見た。

知ってましたよ、と、にこりと微笑《ほほえ》まれた。

「莫迦めっ」

あとらがよそ見をした、その隙を見逃すほど、緑鬼雷衆と名乗った魔物忍びも甘くはない。絡めとられた二人が、すさまじい膂力《りょりょく》を発揮して、糸を引きちぎろうとする。

もちろん、あとらの糸は、たとえ常人に数倍する腕力を持っているとしても、容易に抜け出せるものではない。が、肝心なのは、あとらの糸に掴《つか》まらなかった者たちのほうだ。

いまだ木々の枝葉にひそんでいたのが三人いる。

こちらは、捕まった者たちより細身で、膚がほの白く、牙はない。まとう衣が葉に溶けこむ緑で、はみでた耳は先の緑膚たちよりさらに長かった。両手に短刀をかまえて風のように疾《はや》く迫り、あるいはひとつの短弓から雨のように矢を降らせる超絶の技を見せた。

「おや、エルフもいたんですかい」

そうつぶやきながら、四貫目が悠然と対処する。

どん、と音を立てて彼は義足で大地を踏みしめた。脚絆《きゃはん》の隙間から奇妙な青い光が漏れ出る。途端に、世界にぬるりとした空気が満ちた。

あとらがよろめき、千姫がしゃがみこむ。

矢は、四貫目たちに届く前にぐさりぐさりと地面に突き刺さった。

緑鬼雷衆の動きもにぶる。

短刀を両の手にかまえた緑鬼雷衆は二人。その正面に向かって、四貫目の手裏剣が飛ぶ。

もちろんすばやく弾《はじ》き飛《と》ばしたが、それによって生じた体の傾きを、緑の忍びたちは補正することができなかった。

四貫目たちから数歩の距離に着地。そこから間合いを詰めては来ず、さらにさがって距離を取る。

「おい、伊賀者。一度、その術を解け。千姫さまがお疲れになるだろうが」

糸を操り、緑膚の忍びを締め上げていたあとらが、自分もかすかに膝を震わせながら、四貫目を横目で睨んだ。

「これはこれは、もうしわけありません。うっかりしておりました」

義足から漏れる青い光が、ふっと消えた。

千姫は立ち上がり、優雅にお辞儀をした。

「こちらは、みなさまがお住いの土地でしたでしょうか。無断で入りこみ、さらには連れが乱暴をいたしましたことお詫《わ》び申し上げます」

千姫は穏やかに言った。

重みを支えかねた姿勢など幻だったかのように、凛《りん》と背筋をのばしている。

変装のための、質素な旅装束であるが、その声音と姿勢は、彼女の高貴な素性を示すには充分であったろう。

緑の忍びたちは、かすかに戸惑った空気をただよわせた。

「争いはこれまでにして、穏便にすませてはいただけませんか？」

「それは、あなたさまの素性次第。千姫さまで間違いないなら、ちと訝《いぶか》しい」

冷ややかな声が聞こえた。

「おのれをさらった相手と、ずいぶん仲良さそうだなあ？　よもや徳川《とくがわ》を裏切ったんじゃねえだろうな、豊臣の嫁！」

熱い怒りの声が轟《とどろ》いた。

同時にざあっと風が吹いて、森の木々を揺らした。

さらに十人あまりも、緑をまとった忍びがあらわれたのである。指揮をとっているとおぼしい二人が、冷熱それぞれの声の主だった。

「緑鬼雷衆が小頭、凍鬼《とうき》。千姫さまなら、お初にお目にかかる。我らが江戸にまでお送りして進ぜましょう」

冷ややかな口調の優男は、蒼《あお》い瞳を持っていた。四貫目の言う、エルフの特徴をそなえた美形である。

「俺さまは小頭の焔鬼《えんき》！　江戸から、将軍家の姉ぎみをさらったてえのはてめえらか？　クソ生意気な伊賀者どもを出し抜いたのはエレぇが、それでも見逃すわけにゃいかねえ」

暑苦しく吠える髭面《ひげづら》の男は、筋肉でふくれあがった体躯《たいく》を、緑の膚で包んでいる。

「いやあ、その。すいませんが、私はクソ生意気な伊賀者でして」

四貫目が、けろりとした顔で言い放った。

「あ？　なに？」

焔鬼と名乗った忍びがきょとんとして、案外、人のよさそうな顔になった。怒鳴っていたしかめ面と違って、けっこう若く見える。こちらが素なのだろう。

千姫は、にこりと笑って言った。

「あとら、それ以上やると、あちらの皆さんがひどいことになります。わたくしが怒っていないのですから、放してさしあげなさい」

「……わかりました」

あとらが、ふてくされる寸前の声で言った。

千姫に目くばせされて、焔鬼の、侮辱めいた挑発への反論を、必死でこらえていたのだ。けれどそのぶん、糸を操る指に力が入って、捕えられていた緑膚の二人は、がんじがらめにされて、骨が砕ける直前だった。

「万が一、重ねての無礼があれば、もはや容赦せん」

厳しい声で言い渡してから、糸を解いてやる。

緑膚の二人は、ほうほうのていで仲間のところへ戻った。あとらを見る目には、恨みより怯《おび》えのほうが色濃い。

「糸を使うておりましたのが、以前よりの従者のあとら。こちらが、公儀隠密《おんみつ》伊賀組の四貫目どの。あともうお一方、曲者《くせもの》からわたくしを救うてくださった方がおられます。わたくしを害そうとする者を討つために遅れておられますが、まもなく追いつかれるはず」

「……すぐには信用できませせぬ。千姫さまが嘘《うそ》をついているとは思いませんが、騙《だま》されておられたりするということも」

「容赦せんと言ったはずだぞ！」

冷静に言った凍鬼の首めがけて、あとらの糸が飛んだ。頸骨《けいこつ》を折る気満々の動きだ。

凍鬼が、薄いくちびるを尖らせた。そこから噴き出た白い息が、糸を凍りつかせる。柔軟性を失った糸は、巻きつくことができなかった。

「あとら、おとなしくしておきなさい」

千姫が、やんわりと叱りつける。

「いいえ、姫さま。こいつらなど不要と知らしめておかねば。江戸に戻るまで、護衛と称してつきまとわれては、たまったものではありません」

「おお、なるほど。あとらさんの言うことも一理ある」

急に四貫目がそんなことを言いだして、千姫は戸惑いに軽く目を開いた。

だが、すぐにふたりの意図に気がついた。

千姫に江戸へ戻る気持ちがないのは、ふたりとも知っている。けれど、江戸幕府に与《くみ》するこの緑衣緑膚の忍びたちに、豊臣の黄金のことを告げて、それを世から消し去るための旅を続けさせろ、などとはとうてい言えない。

護衛を断り、姿をくらませるに限る。

千姫は、自分でなんとか言いくるめるつもりでいたのだが、二人もそのつもりでいてくれるようである。

だが、あとらは、交渉事をつとめるには、相手への理解が足りなかった。

「姫さまを追ってくるのは、尋常な連中ではない。人智《じんち》を超えた化け物だ。あたしの糸もかわせない連中じゃ、足手まといなだけだ」

ざわり、と緑の忍びたちが震えた。あとらに捕えられていた二人が、身を縮める。

「言うてくれる。だが、下忍どもはともかく、我ら二人も人智は超えているつもりだ」

凍鬼が、きざな仕草で細い顎に指先を触れた。確かに冷気の吐息はたいした威力だった。

「魔を受け入れて老化が止まったから若う見えようが、わしも魔界戦国の乱世を生き抜いてきた。かの高名な真田十勇士とも、互角に戦うたことがある。まだ純粋な人の身であったころにな。いまのわしは、あの頃より上。安心して、その身をゆだねられよ」

焔鬼は、おのれとまわりを鼓舞するように言った。そこには不安が透けている。

「ああ、そうか。だから見覚えがあったんだねい。思いだしたぜい」

聞きなれない軽佻浮薄《けいちょうふはく》な声が響いたのは、その時だった。

● 2. ●

「どこから出てきた、おぬし!?」

凍鬼の冷静さが、はじめて崩れた。

　彼ら緑鬼雷衆の真ん中に、赤い忍者衣をまとった若者が立っていた。

　いったいどこからどうあらわれたのか、誰にも見えなかった。虚空から舞い降りたか、地から這《は》い出《で》たか。どちらとも思えぬ、悠然とした立ち姿だ。

「あら、あなたは」

「筧《かけい》、十蔵《じゅうぞう》!?」

　きょとんとした千姫の声と、焔鬼の愕然《がくぜん》とした声が重なった。

　焔鬼が、真田の十勇士とやりあったというのは、はったりではなかったようだ。

「はいはーい。十蔵さんでございますよ。お久しゅう、姫さま。そっちは、あれだね。弁《べん》吉《きち》ちゃんだね。いやあ、ずいぶん老けちゃって」

「捨てた名で呼ぶな」

　怒号とともに、焔鬼の口から飛び出したのは、濃緑色ではあるが、火炎であった。それにあぶられた木々が、めらめらと、これは普通の色をした炎をあげる。

「あっぶないなあ。昔から修行してた火吹きの術じゃあないか。いやいや、ずいぶんと上達したねえ」

　親しげなようすで、真田十幽鬼が一人、筧十蔵は焔鬼の肩をぽんぽんと叩いた。

　火炎が吐かれたその刹那まで、いや炎が届いたその時まで、筧十蔵は半円の陣を組んでいた緑の忍びたちの、ちょうど中心あたりにいたはずだ。

それが、いまは焔鬼のかたわらにいる。

首をねじまげて、赤い衣をまとったその姿を見た焔鬼は、まじまじと目を見開いた。そこには確かに、恐怖の色がある。筧十蔵は、頭には赤い布を巻きつけているが、顔はむきだしだった。

これといった特徴はない。どちらかといえば整った顔だちだが、なりたての雑兵の群れや村の若い衆に、すぐにまぎれてしまえるだろう。忍者に向いた平凡なその顔には、しわひとつない。

「なるほどな。貴様らも魔を取りこんだか。わしと同様、十何年の昔と変わらぬ。いや、それどころか若返っておるな。じゃが！」

焔鬼は、かあっと濃緑の炎を吐きつけた。

「おお、怖い怖い」

十蔵は、からかう口調でそう言って——。

——また数歩、離れたところに姿をあらわす。

そこへもすかさず炎が飛ぶ。

またもや姿が消える。

十蔵は、これを予想していたのだろう。出現した場所は、焔鬼と緑鬼雷衆たちのちょうど中間だった。炎は、味方へ襲いかかり——。

「落ち着けっ、焔鬼ッ！」

という叱咤《しった》の声は、既にいち早く発せられており、言い終わると同時に、凍鬼はその口をすぼめていた。つまりは、焔鬼が火を噴くと同時に。

ひょううぅぅという奇怪な音とともに、彼の口から淡い緑の風が吹きつける。

淡緑の吐息が触れるところ、ことごとく霜がおりて、その場を冬へと変じていった。

凍れる吐息が、炎の息とぶつかる。冷気と熱気が生じさせた霧が、あたりに広がり、視界を閉ざした。

その霧の中に、一瞬の軌跡が描かれる。

凍鬼が、冷静さをかなぐり捨てて叫んだ。

「見切ったぞ、寛十蔵！　きさま、すさまじく速く動いているなっ！　ならば！」

霧は偶然の産物であっただろうが、洞察したのは実力のうちだ。凍鬼と焔鬼の術が、その刹那に寛十蔵の消失と出現の秘密を明らかにした。

超高速移動、である。

忍者であれば、常人の目に留《と》まらぬような動きは心得ている。むろんのこと純粋に素早くもあるが、多くは人の感覚がいかに働くかを熟知し、死角を利用することで、常人の目から消えてみせるのだ。

しかし、この寛十蔵の技は根本が違う。

真実、目に見えぬほど、速い。

だが、凍鬼はそれに対抗する策を見つけた。

——つもりになっている。

「これでも、それほどに走ってみせられるかッ⁉」

凍鬼が大きく息を吸い、そして周囲全体を氷面化できるほどの冷気の息を放った。寛十蔵が足を滑らせることを狙おうとしたのだ。

だが、わずかに早く、寛十蔵が、凍鬼の背後にあらわれた。

凍鬼ほどの達人だ。息を吸いこみきった瞬間でなければ、死角に出現されたといえど、即座に反応して、身をかわせていたかもしれないが。

「はい、だめだめー。わかるとみんな考えるんだよねー。だから、そこの隙を逆につかれるわけだよー。しかし、危ない、危ない。初対面で天敵とかぁ、もうねえ」

ねっ、とにこやかに寛十蔵は、凍鬼の顔を見おろした。

凍鬼は、地面に横たわっている。十蔵によって、背後から頭を掴まれ、柔《やわら》の術で頸《くび》の骨を捻《ねじ》り折られたのだ。

既に絶命していた。

「おのれっ」

「よくもっ」

凍鬼配下の緑衣の雷衆が、いきりたってそれぞれの武器をかまえた。

筧十蔵の姿が消える。

「そ・れ・は・だ・め」

一つの音を発するごとに姿をあらわし、声の区切り代わりに頸の骨を折る音を響かせた。

死角への不意の出現に対処できるほどの達人は、緑衣の面々には、もういなかった。

およそ半数の緑鬼雷衆を倒したところで、筧十蔵は、一旦、動きを止めた。

「おいらについてもいいんだぜ。金ならある。これからの世の中、大事なのは金ですよ」

十蔵のふところから、音を立てて、数十枚の小判がこぼれ落ちた。

「小娘ちゃんとおっさんを足止めするだけでいいんだけど。どうするね、弁吉っちゃん」

へらへらとした軽佻浮薄な口調で、筧十蔵は、焔鬼に呼びかけた。

「もちろん、そのままおいらの配下にしてやってもいいぜえ？　天下を乱して戦《いくさ》を起こし、おまえらやおいらたちみたいなのが楽しく暮らせるようにしようってんだ。損な話じゃあないよ？」

「愚かな。損だけしかないではないか」

いましがた死んだ仲間がとりついたかのように、焔鬼の言葉は凍《い》てついていた。

「戦が続けたいなら、流浪の雇われ忍びを続けておったわ。頭領が見いだした御主君《ごしゅくん》に仕えておるのは、泰平の世を守りたいからよ！　公儀隠密どの、姫の従者どの、わしらはもとより味方であるぞ！」

「もちろんです。あとら、四貫目どの。幸いというべきか、生前の十蔵どのとは、ほとんどお会いしたことはありません。どのような目にお遭いになっても、わたくし、哀れとは思いません」

千姫は、倒れた緑の忍びたちを見つめた。

「この無残なさまを、遊びでしてのける魔物に、ふさわしい報いを」

「はっ、おまかせを！」

「逆らう理由はありませんなあ」

あとらと四貫目も、超高速の十蔵相手には、ただ逃げても無駄だと悟っている。緑鬼雷衆を足留めにしても無理だろう。逃れるためには、倒すほかには手がないのだ。

多くの殺意を向けられながら、筧十蔵は、へらへらとした笑みを消さない。

もしかすると消せないのかもしれない。

「あらあら、せっかくおいらが楽しみを我慢したげようと思ったのに。遊びでやったってのは、その通り、おいらの『業《ごう》』はそういうことでね」

他の幽鬼たちも口にしていた『業』という言葉。千姫などはその意味に気がつきはじめているが、いまは語る余裕がない。

「遊んじゃうようう？」

言葉だけが、そこに置き去りにされた。

次の瞬間、緑膚の忍びがひとり、立ったまま絶命していた。先ほど、あとらに捕まえられていた男だ。

十蔵のつま先が、喉を蹴り破っている。十蔵は、素足だった。鉤爪《かぎづめ》などはなく、ふつうの見かけだ。ただひとつ、踵《かかと》近くに、ごく小さな翼が生えている。

白かった翼が返り血で染まっていた。

「我らの膚は、手裏剣程度ならば通しもせぬのだぞ……」

もうひとりの緑膚の忍びが、おののいて一歩さがろうとした。

「そうなんだねえ」

筧十蔵は、くすくすと笑った。今度は、笑いだけがそこに残った。

「神を宿したこの足を、並みの手裏剣なんかと一緒にしてもらっちゃ困るなあ」

もう一人、死んでいた。一歩さがろうとした、その動作のなかばで割りこまれ、蹴り倒された。そのまま胸を踏みつけられ、折れたあばら骨が心臓に刺さったのだ。

とっさに緑鬼雷衆が手槍《やり》を投擲《とうてき》し、あとらが糸を放ったが、それが届くころにはもう、十蔵はそこにいなかった。

いくらか離れた場所に、瞬時に移っている。

千姫に向けて、白い歯を光らせた。

「ねえねえ、お姫さま。おいらが生きてたころに知ってたあんただと、そろそろ自分のために他の人間が死ぬことに音をあげるころなんだけど？　それとも、あれから少しは図太くなったわけ？」

「夫と死に別れたり、生き別れたり、さらわれたり子供を死なせたり……そういうことが重なりますとね、いろいろなことを諦めるのですが」

淡々と、千姫が答える。

「そういうのを図太くなった、というのですか。……いいでしょう、では、こうしましょう」

穏やかな声のまま、千姫は苛烈な光をたたえた瞳を、十蔵に向けた。

「わたくし以外の方の命を奪えば、わたくしが自害することにしましょうか。わたくしのこと、黄金塊の鍵として、入用なはず」

「……なんだってえ？」

十蔵の顔から、笑みが消えた。

地獄が人相に重なりあって浮かぶ。常人であれば、それだけで気圧《けお》されて動けぬほどの悪意と憎悪が、千姫にぶつけられる。

一歩さがりかけた、彼女を、あとらが支えた。

「姫さま、そのようなことを仰《おつしや》る必要はございません。あとらが、きっとあの怪物を倒してごらんにいれます」

　よろける身を預けて、千姫は首をふった。

「おまえがわたくしを守りたいのと同じように、わたくしもおまえを守りたいのよ」

　慈母の色をたたえた瞳で見つめられて、あとらが瞳をうるませる。

「うぜえっ！」

　声が聞こえた時には、もう筧十蔵が、あとらの喉に手をかけており——そして、ぴしりと頰《ほお》を平手で打たれていた。

「なにッ？　まさか、そんなッ？」

　疑問の声を残して、また十蔵が消える。

　距離を置いて出現し、いぶかしげに千姫を見た。

「おまえ、いま、何をした？」

「そろそろ、このへんに出るのでは、と思って手をふりまわしてみたのが、たまたま当ったただけのことですよ」

　千姫の身体が、ぶるぶると震えている。

　それを怯えと見て、ようやく十蔵に笑みが戻った。

「殺せば死ぬぅ？　ほんとにできるのぅ？」

「殺さずに勝つ。本当にできますか？」

十蔵の嘲弄に、震えを止めた千姫は、にこりと笑みを返した。

「殺してはなりませんし、五体満足でなければなりません。その条件を守ってなお、あなたの邪魔をする者がいなくなったなら、そちらの勝ちです。わたくしが豊臣の黄金塊について知っていることは、すべてお教えしましょう。いかが？」

千姫は、にこりと笑ってみせた。

「おもしろいねえ。遊びだからねえ。受けちゃってもいいんだけど。おいらの好きな遊びと違うから、どうしようかなあ？　おいら相手に、自害できるとか本気で思ってる？」

「その方はするぞ、十蔵」

声は、湖のある側から聞こえた。

ようやくここにたどりついた男が、森を抜けて、木々の間から姿をあらわしたのだ。

「あらら、間に合っちゃったかあ」

筧十蔵が、声の主を見て嬉しそうに言った。

「おお、来たか！」

あとらが歓喜の表情を見せ……かけて、一瞬で怒りにすりかえた。

「遅いっ！　何をぐずぐずしておっ……」

だが、その怒りも言葉の最後まで持続しなかった。瞳にうかんだ安堵《あんど》の色が、見る見る深い憂いに変わってゆく。

むろん、姿をあらわしたのは、真田大介である。

左の腕がねじ曲がっている。折れていた。かなりの負傷だ。あとらの顔が歪《ゆが》んだのはそれゆえだ。四貫目は平然としている。千姫も表情を動かさない。焔鬼と緑鬼雷衆の生き残りは戸惑っている。

口を開いたのは、揶揄《やゆ》の笑みを浮かべた筧十蔵だ。

「大介どの。みごとに甚八の首を刎ねたらしいですねえ。腕一本と引き換えですかあ。偉そうに言ってもその程度なんですねえ」

「ああ、この程度だ。おまえの相手には充分だがな」

淡々と、大介は応じた。

「それにしても、よく知っているな。おまえら幽鬼も、離れた所でも話ができるのか？」

大介が『も』と言ったあたりで、四貫目は『うへっ』と首を縮めた。

筧十蔵は、にやにやと笑っている。

「違うね。本人に聞いたんだよ。すぐにわかるよ、あんたにも。あんたはおいらの相手はしてられないよ、そんな暇、ねえもの。……あの方が、来るから」

天空に、にわかに分厚い暗雲が広がり、天地は夜のごとき闇に閉ざされた。

「兄さま！」

愛らしい少女の声が、天空一杯に轟いた。

山中にも湖上にも、それらを取り巻く里々にまで響き渡ったにもかかわらず、それは雷鳴のようでも噴火の轟音《ごうおん》のようでもなく、確かに少女がはしゃぐ涼やかな声だったのだ。

恐ろしいことに、声は、それぞれにとって耳元で囁《ささや》かれたかのように聞こえた。

●3.●

真昼に、夜が訪れた。

太陽はまだ、中天高く輝いているはずだが、もう光が地上まで届くことはない。

少なくとも、この戦いにけりがつくまでは。

空を覆いつくした雲が渦を巻き、何かの形を取ろうとした。

正しくは、それは雲ではないようだった。

闇そのものが、のたうち、うねっている。頭上にあるにもかかわらず、それはあたかも深淵《しんえん》が口を開けたかのようだった。そして、冥府の底から這い出てくるように、闇の奥からあらわれてきたものがある。

顔だ。

闇が形作ったのは、美しい少女の顔であった。

さしわたしが山ほどもある、大きな顔。色彩はなく、闇が凝《こご》った彫刻だ。丸い大きな眼《め》、すっと通った鼻、ふくよかなくちびる。巨大でありながら、どれも麗しさとたおやかさを感じさせる造形だ。であるというのに、なぜこんなにもおぞましいのか。どうして、不安と恐怖しか感じさせないのか。

緑の忍びのひとりが悲鳴をあげた。別のひとりが気絶して倒れた。焔鬼ですら喪心寸前だ。修羅の巷《ちまた》をくぐりぬけ、我が身に魔物の血を導き入れた忍びを、姿を見せただけで無力におとしめたのだ。

天空の闇の顔が、ぎょろりと目を動かした。

それが何を見ているのかは、誰にでもわかった。

くちびるが動いた。

「兄さま、お久しゅうございます」

天空から響いた言葉に、みなが、大介を見た。まだ動ける者は、ということだが。

面白そうに顔を歪めた寛十蔵と、顔をひきつらせた四貫目と、それから千姫だ。

千姫が、そっと手を触れてやると、凍りついたように空を見上げていたあとらが、はっと我に返った。

「おい、大介っ！　あれは一体っ！」

「おまえも死に還《かえ》っておったか、茜」

大介は、あとらのほうを一瞥《いちべつ》すらせず、まったく無表情なまま囁くように言った。

「はい、兄さま。いま、そちらに参ります」

「いや……茜。つもる話はあるが、しばらく、待て」

その口調はまるで、ごく普通に、離れて暮らしていた兄妹が再会したかのようだった。

大介は、ふところから襷《たすき》を取りだした。手近の枝のうち、まっすぐなものを選んで折り取ると、素早く左腕に添えて襷で巻きつけた。

要するに添え木をしたのだ。

「なんとかなるだろう」

つぶやいて、大介は宙を見上げた。

いささか驚いたことに、その間、闇の空いっぱいにうかんだ顔は、言いつけられた通りにおとなしく待っていた。

大介は空を見上げて。

「いいぞ」

ぼそりとそう言った。

「嬉しい。すぐに」

声が響いた。

闇が渦を巻いた。天空の顔が、ぼやけて曖昧になる。それで恐ろしさが減じたわけではない。雲のような不定形に戻った部分は、今度は邪悪な怪物のような、異界の光景のような、人の心を押しつぶしてしまう形を取るようになったからだ。

おそらく、この湖の周辺にいる人々、すべてがこれを目撃しているだろう。

恐怖に呑《の》まれた者たちが、どのような混乱と騒動を引き起こしているか、想像するのは難しくない。

「おい、しっかりせぬか！　腑抜《ふぬ》けている時ではない！」

「わかって、わかってはおります。しかし小頭、あれは、なんなのですか、あれは……」

天を指して震える者。膝をついて神仏に祈る者。

緑鬼雷衆の忍びたちですら、小頭の焔鬼以外は、ものの役に立たぬ。

緑の膚の忍びたちは、オーク鬼と呼ばれる暴虐な魔物の血を、その身に取り入れている。

エルフ忍びが隠形《おんぎょう》と素早さに長けるように、膂力と死を恐れぬ勇猛さが、魔物の血によって彼らにもたらされているはずだった。

鍛えあげられたその忍びたちが、ただ頭上の光景を見ているだけで、徐々に死につつある。心が朽ちようとしている。

闇が、徐々に地上へ近づきはじめていた。

無数の何かが、闇からはがれ、大地に落ちようとしている。

「ひぎぁあああああ！」

空に何を見たのだろう。緑の忍びたちのうち、ひとりが悲鳴をあげて逃げ出した。

動けるぶん、ある意味で他の者たちよりも強い心を持っていたのかもしれない。

中途半端に。

忍びとしても、彼の足はひときわ速かった。

だが、ほんのわずかで足が止まった。

息も、鼓動も止まった。

何かされたわけではない。眼前に、ひとりの少女が立ったのだ。ただそれだけだ。

少女がその時、どんな表情をしていたのか。いや、どんな『顔』だったのかは、誰にも見えなかった。一瞬で動きを止め、全てを止めたその忍び以外には。

死骸と化した忍びが崩れ落ちる。

その向こうに立っていた少女から、闇が剥《は》げ落ちた。

同じ顔だ。

空いっぱいを占めている闇と、同じ顔。

「兄さま……生きていてくださって、茜は嬉しゅうございます」

はらはらと涙をこぼす、小柄で可憐《かれん》な少女がそこにいた。

彼女は、魔界戦国以前のこの国の住人であれば、異類や魔物とみなす姿をしていた。足もとまでまっすぐに伸びたつややかな髪は純銀を糸にしたようで、大介を見ている大きな瞳は、熾火《おきび》のように赤く輝いている。だが、くちびるは蒼ざめていた。

闇に閉ざされた森の中で、彼女は、ほの白く輝いて見えた。それは彼女の膚が、白磁のようにきめ細かく白いからではないだろう。

身には豪奢《ごうしゃ》な衣をまとっているが、幾重にもなったその衣があっても、体躯は華奢《きゃしゃ》なのであろうことが透けて見えた。

ともかくも、ただひたすらに美しいとしか言えず、常ならぬ髪や瞳にもなれた魔界戦国の民ならば、思わず守ってやりたくなるような、そんな姿であった。

であるのに。

「なんだ？　なんで、こんなに……怖いんだ？」

「術か！　妙な術だな！　惑わされるものか！」

緑鬼雷衆のある者は矢をつがえ、ある者は手裏剣をかまえた。何も考えられなくなっている。ただ、目前からこの恐ろしいものを消したい、という他は。

茜の仲間であるはずの筧十蔵は、超高速を使えばそれを易々《やすやす》と制止できたはずだ。だが、彼は何もしない。

止めたのは、茜の敵である焔鬼。

「よせっ、よすのだっ！」

だが、彼がふりしぼった叫びを圧してしまったのは、ほの白く輝くたおやかな少女が発した、か細い声だった。

「初めてお目にかかったみなさま、真田茜と申します。では、さようなら」

優雅な一礼。顔が見えなくなる。

それに誘われて、矢と手裏剣が飛んだ。

どれも見事に突き刺さった。

放った当人の、喉笛に。

「……ぬぐう」

焔鬼が呻《うめ》くことしかできなかったのは、自身の口をふさいでいたからだ。火炎を吐きかけて、この娘を焼き尽くしたいという欲が、身を苛《さいな》んでいたからである。望みに身をゆだねればどうなるかを、さすが小頭、予測していた。

恐るべき衝動に耐えていたのは、あとらや四貫目らも同じこと。あとらは千姫にその手を握られていて助かった。四貫目はこの中の誰よりも、超常と邪悪に抵抗することに熟練していた。

その彼らも、震えが止まらない。

平然と、少女の姿を見つめているのは、彼女と同類である筧十蔵。

そして、真田大介だけだ。

真田茜は顔をあげて、兄を見つめた。とろりとした光が意味するところは明白だった。

欲情だ。

「兄さまが生きておられて、心から喜ばしくて喜ばしくて、茜はもうたまらないのです」

もじもじと、腰から下を微妙に動かしている妹を、いやかつては妹であった屍人を、真田大介は憐みの目で見つめていた。

「よかったよ、先に、伊三姉や師匠どのから、おまえも化け物になり果てたと聞いておいて。おまえが幽鬼どもの親玉だとすれば斬る——という覚悟を決める時間が持てた」

まっとうな人間であれば、死んだと思っていた妹と再会すれば、いかに化け物じみていても、そうそう敵だと割り切れるものではない。空一杯に広がってあらわれ、髪や目の色が変わっていても、中身は前と同じだと、信じたくなるものだ。

大介とて、たった一夜で真実、覚悟を決められるものだろうか。

「斬ってくれるの？　うふふ、生を授かるのも死を授かるのも、人と人のまじわりとしては、いちばんに濃いものだもの。それほどまでに茜を想《おも》ってくれて嬉しいわ。早く、早く、茜を貫いてちょうだいな」

「いまの一言で、おまえが大介の妹だということがよっくわかった。まわりを気にせず淫らなふるまいに及ぶあたりがそっくりだ」

びしりと言ったのは、あとらだ。

そこまでは、大介と茜以外は言葉を失っていた。焔鬼は恐怖から立ち直っておらず、四貫目も耐えるのが精一杯だった。

あとらもそれに近い状態だったのだが、怒りと笑いは、恐怖を駆逐する何よりの薬だ。

「初対面でいきなり乳を揉《も》んできた兄も兄、その実の兄に懸想する妹も妹」

「でしょう？　いやらしいでしょう？　背徳で破戒で不道徳で罪深いでしょう？　もっと、もっと責めてちょうだい。ああ、でもね……」

茜が、目を細めて、あとらと千姫を見た。いや、その場にいるみなを。

暗《くら》く昏《くら》くなお闇い、すべてを呑みこみ、虚無へと帰す深淵のような瞳で。

「あなたたちも一緒なら、もっと淫猥《いんわい》で、もっと堕落できるかしら。神威が増して、いまよりもっとたくさん、子が産めるかしら」

にんまりと笑った口もとは、いまは小さなものだったけれど、天空にあった時の巨大さを思いださせ、みなを呑みこんでしまえそうに見えた。

小さな鼻を、茜が、くんと鳴らした。

「千姫さま、とてもいい匂いがする。昔はお世話した間柄だし、まずはあなたから」

「わたくしがお世話になった茜さんは、もういません」

「いるよ。中から探して？」

蒼ざめたくちびるが耳まで裂けた。かぱりと開く。闇が見えた。地獄かもしれない。喉ではなく、虚空の洞窟につながっている、
いや、それは頭上の闇天につながっているのかもしれない。いまにも空が落ちてきそう

だ。そして闇のその奥の奥、遠い深淵から何かが近づく気配。

「姫さまに手出しはさせん！」

あとらが糸をくりだして、茜の口を封じようと……。

した途端に、吹き飛ばされた。

本人には何が起こったのか、わからなかっただろう。とにかく、すさまじい衝撃が横殴りにぶつかってきたのだ。

並みの人間であれば、その一撃で、はらわたをぐちゃぐちゃにつぶされ、絶命していてもおかしくはなかった。

何が襲ってきたのかを見てとれなくても、迫る気配は、本当に肌一重のぎりぎりではあったが察知した。受け身がかろうじて間に合った。糸を伸ばし、幾重にも張り巡らして、激突の衝撃を吸収したのだ。

それでも瀕死《ひんし》。巨木の幹にぶつかり、そのまま、ずるずるとくずおれた。臓腑《ぞうふ》が傷ついたのか、口から鮮血を吐いた。頭のどこかが割れて、目に流れこんだ血が視界を染めている。右足は膝の関節が外れ、左腕は大介のそれと同様にねじれている。

だがそれでも意識はしっかりしていて、あとらは、なおも折れずに茜を睨みつけていた。おのれの血で真紅に染まった目から放たれる、不屈の思い。意地で支えた視線を、赤く輝く魔性の瞳が受け止める——前に、たくましい背があとらの視線をさえぎった。限りない安堵がわきあがってきて、あとらは舌打ちをした。

むろん、大介は、あとらを案じるそぶりさえ見せない。

彼は、右手だけで剣を抜き、その切っ先を『死に別れた』妹につきつけた。

「茜、まずは俺とおまえ、二人だけで、積もる話をしようではないか、向こうでな」

語り合うのに使うのは、言葉ではなく刃《やいば》。

「みんあんおほうがらのしいわりょ」

裂けた口で、聞き取りづらく話す。

「どちらを選ぶのかは、おまえの勝手だ」

大介は、かつて妹だったものへ無造作に背を向けた。姿をあらわしたもとの森へと、大股で入ってゆく。

残された者がどうなろうと知ったことではない、というふうに。

もちろん、大介が本当にそんな風に思っているとは、誰も考えていない。

いや、焔鬼は、大介を知らないから別だろうが。知らないから、そもそもやりとりの意味がわかっていない。

「やっぱり兄さまね。わたしのことがわかってる。千姫さまたちを取りこんでみてもいいんだけど、さそわれたらついてっちゃうわ」

彼女は、ふわりと宙に浮かんだ。

だらりと垂らした帯が、地面に触れなくなるあたりまで。

「おいらが殺すのはいいんでしょ？」

筧十蔵が声をかけると、茜は可愛《かわい》らしく首をかしげた。

十蔵が、吹き飛んだ。

あとらと同様の衝撃で、いやそれ以上の衝撃で。ぶつかった先の巨木がへし折れた。

そのまま、十蔵の上に倒れこんでくる。

「うひー、ひでえや、茜さま」

だが、次の瞬間、十蔵は倒れた木の上に、ひょうきんな恰好《かっこう》で立っていた。

「わたし、みんな一緒が楽しそうって言ったよね？　兄さまが手出ししていいのは、わたしだけなの。だから、兄さまが手出しした女はわたしになるの。それまではダメ」

幼い子供を叱る声で言った茜は、千姫に顔を向け、甘えの表情を見せた。

「……千姫さま、さっきのお話ね。十蔵さんが、お仲間を殺さずに降参させたらってあれ。隠したもののことはいいから、わたしと一緒になってくださいな」

茜の裳裾《もすそ》から、ぼとり、と何かが落ちた。蛇ほどある黒い蚯蚓《みみず》が絡まりあったような、蛸《たこ》や烏賊《いか》の脚だけを数匹ぶんまとめたようなものだ。うぞうぞと蠢《うごめ》いている。

「よいでしょう。承知しました」

千姫の声は、いくらかうつろだった。

返答を聞かず、茜は大介を追って、森へ消えている。

「殺さないっていうのは、おいらが、ここにいる人だけ、って話でいいよね、千姫さま。とか言ってもさあ、さっき、茜さんがやっちゃった子が死ぬのは、おいらのせいじゃないから知らないよ」

「姫さまを置いて、死ぬわけあるか」

あとらが、筧十蔵を睨みつけた。奥歯で、何かを噛《か》み砕《くだ》く。

「おやおや、忍びの秘薬ってやつかな。無理しないほうがいいよ」

あくまでふざける十蔵へ、千姫が硬い声を投げかけた。

「……ここにいる人だけ、あなただけ、というのはどういう意味です」

「そこのうねうねしたやつ」

茜が残していった……いや、産み落としていったかたまりのことだ。いまは、落とされたその場所でもぞもぞと動いているだけだ。

虫や小さな獣を掴み、溶かして取りこんでいる。

「そういうのが、あそこからあちこちに降ってるはずだよ。茜さまが興奮すると、そうなるんだ。すぐに大きくなって、人間とか喰《く》ってるかもだけど、それは、勝負と無関係にしてもらわないと。だって、おいらのせいじゃないから」

「承知しました」

千姫は、小さくうなずいた。

「筧どのには手早く静かになっていただいて、大介を手助けに向かわねばなりません、よろしいですね、四貫目どの。大丈夫、あなたなら勝てます」

「ゆうべ会ったばかりの私の、何をご存知《ぞんじ》なんですか、千姫さま。ま、やりますけど。ちょいと、地元の兄さん。あんたも公儀側の忍びなら、手助け、頼みたいんですけど。そろそろ動けます？」

四貫目は、焔鬼に呼びかけた。

「……あ？　……あ、あ、あたりまえだ！　あ、いや！　おまえのほうが俺さまの仇討《あだう》ちを手伝うんだ！」

まだ彼にも、兵《つわもの》としての誇りが残っていた。

筧十蔵が、けらけらと楽しそうに笑い、焔鬼のかたわらにあらわれて、その肩を叩いた。

「頑張ろうね、うん」

とっさに焔鬼が吐いた火炎は、虚空を薙《な》ぎ払《はら》っただけだった。

「それじゃあまあ、茜さまの話が終わるまで、おいらの相手をしてもらえますかねえ」

けらけらと筧十蔵の笑いが樹間に響く中、四貫目もまた、薄い笑みをくちびるに刻んでいた。

彼もまた、長い年月を戦いの中ですごしてきた男だ。

ただの強がりで、勝てるとは言わない。

●4.●

信州高延《こうのべ》は、およそ五百人が住む、近在では最も大きな里のひとつである。諏訪頼重《よりしげ》の重臣であり、後に真田家を通じて徳川の陪臣となった、高延剛衛門《ごうえもん》が住まった地だ。男たちの大半は、十年前までは槍をとって戦の場に立っていた。

その男たちが、いま、子供のように泣き叫んでいる。

天は暗い雲に閉ざされて、光が乏しい。ただ、悲鳴と哀訴、怒号ばかりが闇に響く。

「いやだあああ、生きたまま食われるのはいやだああああああ」

「よせっ！　来るなっ！　来るっ……ひぎえええええ」

ある者は触手に絡めとられて溶かされ、ある者は押しつぶされた。

隠し持っていた刀も槍も、まったく通じない。銃をぶっぱなした者もいたが、命中したところで何の手ごたえもなかった。

それらが、天空からふりそそぎ、あちこちを襲いはじめてから、まだほんのわずかな時間しかすぎていない。

「いったい何が起こっとるんだ？　どこの軍勢が襲ってきた？」

「熊か？　それとも魔物の……ひっ？　ひやあああああ」

これがあたりの明るさに等しい時間に、つまり真夜中に起こったのであれば、逆に、誰も気づかぬままに里の半分が失われていたかもしれない。あるいは、家に立てこもっていられたかもしれないが。

だが、この偽りの夜は、真昼間にやってきた。里の人々が、田や畑、あるいは木々を伐《き》る仕事で、表にいた。

闇に閉ざされ、狼狽《うろた》えていたら、こいつらが降ってきて、人を襲いはじめた。人だけではなく、あらゆる生き物を喰らっている。

こいつら——黒い、触手のかたまりだ。

里を蹂躙《じゅうりん》している。

「明かりじゃ！　このままでは追われるだけじゃ。古い小屋を燃やして、明かりにせよ」

織田信長《おだのぶなが》の武田攻めのおりにも出陣経験があるという、百戦錬磨の長老が、まわりの者たちを叱咤した。

「落ち着けい！　異界の魔物というても、こやつらの動きを見るに知恵はない。獣と変わらぬ。火に怯えるはず……ではないのかあああっ！」

たいまつを両の手に持っていた長老が絶叫した。腰に触手が巻きついて、彼を高々と持ち上げたからだ。

そのまま大地に叩きつけられた。

「ぐ……ぶ……ふ……」

あちこちの骨を折り、臓腑のいくつかが破裂していても、さすが戦で鍛えた肉体は頑丈だ。這いずって逃げよう、生き延びようとした。

だが、そこへ巨大な蹄《ひづめ》がふりそそいだ。

触手が、脚に変化したのだ。原型になったのは、とりこんだ牛のそれだろう。もちろん、大きさは並みの牛の数十倍ある。

すさまじい重みで押しつぶされ、長老は、大地の染みと化した。

引き上げられた蹄に、はみ出た腸がはりつき、ぶらさがっていた。

「ぎぃいい、喰うなあ！　お、おれはおまえの、おまえのぉおお！」

取りこまれた飼い犬から複製された牙に、腕から徐々に食われているものもいる。

「女子供から逃がせ！」

「逃げろったって、どこ行きゃいいんだよ」

誰かが指図して、誰かが怒鳴り返した。

その時だった。

どーんと音を立てて、火柱があがった。ただ火を点《つ》けただけでは、充分に燃え上がるまで時間がかかりすぎる。蓄えてあった火薬と油を使ったのだ。

赤々と燃える巨大な炎が、這いまわり歩き回る、家ほどもある怪物たちを照らし出した。

人々はみな、内心で、火を灯《とも》した者に罵声を浴びせた。

地獄絵図であった。阿鼻叫喚《あびきようかん》という形容を、それまでは耳にするだけですんでいたのに、目の当たりにするはめになってしまった。

立ちすくんだ娘が、あっと言う間に触手に巻き取られた。身体が死ぬ前に心が壊れていたのだろう。悲鳴もあげなかった。

触手の怪物は、次々に人を襲う。

だが、実際には降ってきてからまだ、さほどの時間もすぎてはいない。

驚愕《きようがく》し、ばらばらに逃げ惑っていた人々の中から、ようやく、まとめ役があらわれはじめている。もちろん、真っ先に目だって、食われてしまった長老もいたのではあるが。

襲撃を切り抜け、わけのわからぬままにも生き延びる決意をした、若い男たちが、どうにか十人あまり、村の一角で合流に成功した。

「魔界戦国の頃も、このあたりには魔物はほとんど出なかったというのにな。おい、丙三《へいぞう》はまだ生きとるか。急いで、お城に走らせろ。人馬《ひとうま》の衆のおいでを乞うのだ」

里長の息子、恭太郎《きようたろう》が指示を飛ばす。

彼が言う人馬の衆とは、幕府からこの松代《まつしろ》藩を与えられた新領主が連れてきた、ケンタウロスの一団である。純粋な魔物ではなく、人との混淆《こんこう》だ。魔界戦国の時代は、徳川の勇将本多忠勝《ほんだただかつ》指揮のもと、多くの魔物を蹴散らしている。

風よりも速いと謳《うた》われる人馬兵だが、救いを求める知らせを届かせねば、そもそもがどうにもならない。

だが、届きさえすれば、きっと救いに駆けてくる。

いまだ里の人々に、希望はあった。

「まかせろ。足が折れても息が尽きても駆けぬいてみせらあ」

里一番の俊足が、決意の表情で走りだしていった。

「あとの者はついてこい。子供と年寄りを拾って、できるかぎり遠くへ……」

「恭太郎、いかぬぞ。逃がすところがあるかどうかだ」

駆け寄ってきたのは、知恵者で知られた恭太郎の幼なじみ、太之助《たのすけ》だった。

「おお、無事だったか」

「無事ついでに、火《ひ》の見櫓《みやぐら》からあたりを確かめてきた」

細面の見かけに似合わず、この幼なじみが大胆な行動をいとわぬことを、恭太郎は知っている。その見識にも、一目も二目も置いていた。

だから、無茶《むちゃ》をするなとたしなめることはしない。

「どうだった？」

「いかぬ。造部《つくるべ》にも沢山《さわやま》にも、大きな炎があがっておるのが見えた。その向こうにも。黒雲の途切れもない」

隣村ふたつの名をあげて、太之助が言った。

みな、言葉もない。そのふたつの村は、領主の城へ通じる道筋にあるのだ。

「ことは我らの里だけではない。覚悟を決めねばならん。このあたりすべて……下手をすれば、信濃まるまる一国が、このありさまなのかもしれん」

若者たちが愕然とした表情を見せた。

だとすれば、たとえ助けを求める知らせが届いたとしても、人馬兵がたどりつくのはいつになることか。いや、いくら精強な人馬兵だとて、ここまでの数を相手に勝てるものなのだろうか。

襲ってきた魔物が何なのかもわからぬうちに、自分たちどころか、国丸ごと滅びてしまうのかもしれない。そんな恐ろしい予感が若者たちの口を閉ざした。

どんよりと黙りこくった時に、恭太郎が顔を輝かせた。

「まだじゃ、まだ湖の神様がおる！」

その叫びに、三人ほどが、うつむかせていた顔をあげた。

太之助は最初から伏せてはいなかったが、しぶい表情だ。

「……埴輪《はにわ》のつわものは、けど、もう十年も目覚めとらん」

魔界戦国は、異国異界の怪物を日本に呼びこんだだけではない。いにしえの、この列島土着の妖怪や神々、あるいは超古代の遺物をも呼び覚ました。

埴輪兵と呼ばれる、諏訪湖に住むという神の力で動く土塊《つちくれ》の兵士もその一種だ。

このあたりに、遠い遠い昔に栄えた国の遺産であり、人々を守り魔物を追い払うように造られていた。

だが、戦いの間に次々に壊れていった埴輪兵は、神力を補充できるという諏訪湖の底に沈んで、もうながらく姿を見せていなかった。

「それは、埴輪兵が戦わねばならん魔物が、大坂の大戦からこっち出なかったからじゃ。わしの家には、祈りの祭器が伝わっとる。しかし、祈るのは生娘でないといかん」

「おまえ、それは……」

言いかけて、太之助は口を閉じた。

ここで、最後の希望まで潰《つい》えさせても、気力をくじくだけで意味はないと、思いなおしたのだろう。

「よし、わかった。なら、うちの妹を探しに行っていいか。恭太郎は、祭器をとってこい」

「指図は俺がするもんじゃい」

にやりと笑って、恭太郎は幼なじみを小突いた。

そこへ、別の若者がにやにや問いかけた。

「ひとつ聞きたいんじゃがのう。お照《てる》ちゃんは生娘なんか。もう恭太郎が夜這《よば》いしとりゃせんのか？」

「あほう！　俺ぁまだ、あの子にはなんにも……！」

どん、という重い音が、恭太郎の声をかき消した。ついでに、姿もかき消した。彼の隣にいた太之助と、質問を発した若者もだ。

小鳥か、それとも隼《はやぶさ》でも食べたのだろうか。触手の怪物の一匹が翼を生やして、空を飛び、そして笑い声を目印に落ちてきたのだ。

「あんちゃ、あんちゃ、どこ？　あんちゃ、あんちゃ、どこ？」

か細い声が兄を呼んだ。さっきまで話題にあがっていた、太之助の妹、お照だ。若者たちは、同じ言葉を繰り返す、彼女の顔を見た。顔だけを。

他は食われている。いや、すべて食われて、顔だけが模倣されているのか。真似《まね》されたのは、兄を求める声かもしれない。

そして、伸びた触手が、立ちすくんだまま悲鳴をあげる三人を捕まえた。残る四人は、声も出せないでいたが、やはり捕まった。信州の人々すべてはともかく、この若者たちには、絶望以外の何も残っていなかった。

だが、なおも半数近い里の者が生き残っている。

彼らは、希望も絶望もない。その余裕もないからだ。

自分たちを救えるたった一人の男が、神聖な湖で戦っていることなど知る由もない。

●5●

湖が、刃で話しあう場だと、兄妹のどちらもそう考えていた。

だが、それまでに互いから目を離すことはできない。大介は警戒のために、茜は兄が見たくてたまらなくなってしまったから。

ゆえに、彼らは向かい合ったまま、横へと走る。

大介は、顔と胸を正面に向けたまま、腰から下で右へと走っていた。

侍ではなく、忍びの走法である。

進行方向に次々に木々があらわれるのだが、そちらを見ることもなく、大介はたくみに避《よ》けた。

そもそもが、空は、茜が生じさせた闇に閉ざされており、真夜中よりも暗い。

木々がそこにあることを見つけるだけでも、尋常な目では難しい。ましてや大介は、片方の目を眼帯にふさがれている。

だが、彼は、一切拍子を乱すこともなく、まるでまっすぐ走っているかのように、木々をかわして走っていた。

「それ、いったいどうやっているの、兄さま。不思議だわ」

茜は、無邪気な感心の声をあげた。

「風が教えてくれるのだ、茜」

応じた大介の言葉には、妹からの称賛を誇らしく思う兄の、優しい響きがこもっていた。

大介は、茜に慈しみの眼を向けた。

「おまえもたいしたものではないか、俺に遅れずついてくるとは。追いかけっこでいつもおいてきぼりにされていた茜だとは思えない」

兄の子供っぽいからかいの声に、妹はむくれて頬を膨らませた。

「まあ、ひどい。兄さまだけよ、わたしを相手に、まるで手加減してくれなかったのは」

大介の正面にちょうど十歩の距離をとり、真田茜もするすると飛んでいる。

彼女は、木々をかわしはしない。彼女の行く手にある木々は、それがどれほどの太さであろうと、音を立ててへし折られてゆく。

まるで、みずから道を開けているかのようだ。

「手加減などできるものか。足の速さや力ならともかく、策略と手先の器用さでは、俺は、おまえには勝てなんだのだからな」

「あら、びっくり。兄さまがわたしを褒めてくれるなんて。雪でもふらないといいな」

茜は、ころころと笑った。

「俺は昔から、おまえを褒めてばかりだったと思うがな」

「褒めるといえば褒めてくれておられましたけれど。でも、可愛いなという、その言葉しか聞いた覚えがございません」

茜は、つんとくちびるをとがらせた。蒼ざめた色が、興を冷ます。

「いったい、他にどう褒めればよかったのだ。何かといえば、俺の逆を言い、叱れば俺の持ち物をどこかに隠し、風が強い夜は俺の布団にもぐりこんできてあげくに寝小便をしたではないか」

茜の周辺で、数本の木が一気になぎたおされ、樹齢数百年の巨木が、破裂するように消えた。

「あの頃は、あたしも子供だったもの。兄さまに甘える方法がわかっていなかっただけよ。いまなら、もっとちゃんと、兄さまを気持ちよくしてあげられるわ」

おまえは何を言っているのだ、と、大介が口にしかけたところで、森が終わった。

兄と妹の間で、空気が張りつめる。

状況にそぐわぬ、家族の思い出をまじえたやりとりは、これで永遠に終わった。

森が途切れると、丸石が転がる狭い湖岸の向こうに、諏訪湖が広がっていた。

大介は、水がひたひたと打ち寄せるきわまで進み、足を止めた。向きを変え、湖の中央にあたるほうへと視線を投げる。

茜は止まらない。

彼女は宙に浮かんでいる。長い着物の裾が、湖面に触れないほどの高さだ。帯はくねくねと蛇のように動いて、茜の身を取り巻いている。

彼女はそのまま、湖面へ滑り出た。移動しながら、くるりと四分の一回転する。大介は、湖岸で足を止めた。

湖上で、茜が、大介を見つめている。

大介の正面まで移動して、目をあわせた。

兄からは正統なる殺意。

妹からは邪道なる慕情。

「兄さま、わたしと一緒に来て。もっとゆっくりお話ししよう。そんな刀、いらないよ」

茜が、遊んでくれとねだる幼い頃と同じ声音で言った。

「一緒に行って、何がどうなる?」

先刻までの、家族らしい親しみは消えていた。いまの大介の声は、訊問者《じんもん》の声だった。

「さっき話したあの頃、九度山《くどやま》でみなと遊んでいた頃のように、楽しく暮らそう? 父上さまや母上さまも、近々お迎えするからね」

「母上はともかく、父上は既に冥府に赴かれて久しい。秀頼さまと俺を逃すためにな。俺が生きているからとて、父上までもと期待したのか?」

と言ってから、大介は眉をひそめた。

いくらなんでもと思いつつ、問いただす。

「……まさかおまえ、父上まで化け物にしたのではあるまいな。だとしたら……」

大介の切っ先から、殺気があふれた。

妹の愚行を叱る兄ではなく、断罪者の瞳だ。

口もとは、強者との戦いに舌なめずりしている。

「ううん、まだ。ほんとだよ？　いたら、兄さまを叱ってもらいに連れてきてるもの」

茜は、まだ大介の妹としてふるまっている。悪神を率いる将の顔はしていない。

「父上さまがいないからこそ、兄さまに手伝ってほしいのよ。父上さまが、黄泉《よみ》から死に還ってくるには、まだまだわたしたちでは力不足だから。まずは宿した神威を増して、天下を魔界戦国の世に戻さなくてはいけないの。そうなれば、みなさま戻っていらっしゃるから。ねえ、そうしよう、兄さま」

「茜よ、おまえは、父上が最後の出陣をなさる時、お会いできぬままだった」

この時、大介の声に、兄としての響きが戻ってきた。

「だからわからぬのだ。ふさわしい死に場所を見つけて、父上がどれほど安らいでおられたか。その父上の眠りを乱すなら、兄としての俺が決して許さぬ」

眼光炯々《がんこうけいけい》という形容がある。

まさしくその時、大介の目は光を放っていた。魔の力、神の力を宿して、赤く炎のように輝く妹の瞳とは対照的に、湖の清冽《せいれつ》なきらめきを映している。

「兄さま、頭が固すぎる」

茜は、幼い頃に、理屈をかざして何度も兄をやりこめた時と同じ、甘えるような上目遣いで言った。実際には、甘えではなく、怒りのあらわれだ。

彼女がこの顔つきになると、大介どころか、十勇士の誰も敵《かな》わなかったものだ。

「人間だとか魔物だとか、生きているとか死んでいるとか、そんなどうでもいいことで、友でなくなったり家族でなくなったりするって哀《かな》しいじゃない？　そういうことのない世の中にするのって良いことよ、兄さま。みんなは殺すとか壊すっていうけど、わたしはそんなこと考えてないよ。国中みんなで、楽しく気持ちよくなりたいだけ」

ふふっと笑って、茜はおのれの右手の指を、次々に舐《な》めずった。指を何かに見立てて、じっくりとねぶってゆく。

妹の挑発に、大介はただ憐みの表情しか浮かべなかった。彼の右側も、左側も。

「茜よ、覚えているか、俺は昔から遊ぶということが苦手だった」

大介は、剣をいきなり足もとに突き刺した。

「おのれの快楽のために、何かをするということも実に不得手だ。それゆえ、おまえの願いには応《こた》えられぬ」

「兄さまが遊び下手なのは知っているもの。いまさら気になんかしないわ。ただ、こっちについてもらわないと、いろいろ足りないのよ」

茜の口調に、いらだちがまじりはじめた。

「そうか。足りんのか。何が足りぬか、聞いておきたいところだが、待ち人が来た。そろそろはじめようか」

「何を？　言ってるの？　兄さま？」

「俺とて阿呆《あほう》ではない、茜。天空いっぱいに広がるような力を持ったおまえに、剣で挑んで勝てる気はせぬ」

大介は、ふところに手をさしいれた。

茜が、怪訝《けげん》な表情で見守る。

「刀がダメだからって、そこらの霊具とか呪符《じゅふ》とか出しても、わたしに勝てないよ、兄さま。もうわかってるでしょ、それくらい」

「そこらの、ではないぞ、茜。おまえには教えておらなかったが、だからと言って拗《す》ねるなよ。これは、かつて諏訪の一族から、城二つと引き換えにいただいたものでな。諏訪は、父上らにはどうせ使いこなせまいと、高をくくっておったのだ」

大介の手に握られていたのは、一本の筆であった。ただしふつうの筆ではない。穂先まで銀色の石で出来ており、ところどころに緑の玉が埋め込まれている。

「諏訪もあながち間違ってもおらなんだ。ようやく父上が使いこなせたのは、大坂の戦の終り頃だ。俺は使える自信がなくて眠らせていたのだが……おまえがここまで邪悪の気配を放ってくれてよかった。ただ目覚めさせるだけで、おまえを襲ってくれる」

「あら、おもしろい」

茜は、ふたたびその口を三日月の形にした。瞳が赤く燃えて、ギザギザになった歯がはみ出す。

「兄さまも、おとなになって、遊ぶということがわかってきたのね」

大介は言葉では応じなかった。

手もとに握った石筆へ、思念をそそぐ。

轟《ごう》ッと風が渦を巻いた。革の眼帯に刻まれた、奇妙な文様に光が宿り、同時に石筆の穂先が真っ白に輝く。

「アラアラミタマ、アラカツマ、虞魯帝衆之命《ぐろてすのみこと》に願い奉り、胡代《こだい》がミタマ、言上つかまつり、神体目覚めて、悪《あ》しきを砕け。アラミタマ！　アラカツマ！」

声高に呪文を唱えて、大介は複雑な紋様を、石筆の先端の光を使って空中に描いた。

闇を映して真っ黒だった湖面に、いくつもの光がともった。白い明かりが、真下や斜め下から茜を照らす。風ではなく、光に当てられて、銀色の髪がざわざわと宙に躍った。

湖中の光が斜めに走り、あるいは縦横に走る。

やがてそれらの光は、茜を中心として、円の形にまわりを囲んだ。闇の中、茜だけが白い光に照らされて、血が通っておらぬような白磁の膚が、きらきらと煌《きら》めいている。

彼女は、面でもつけたかのように、顔から表情を消している。

光が茜を囲んで、しばらくすぎた。

大介は、光る石筆を湖に向けた姿勢のまま、じっと何かを待っている。だが、もう光は動かず、湖面には何もあらわれなかった。

茜の、蒼いくちびるが、ほころんだ。

「ふふふふふ、兄さま。面白かったわ、この追いかけっこ。でも、もう少し難しくてもよかった。もしかして手加減してくれたの、いまさら？」

光が、水面に近づいてくる。

水を割って、それらがあらわれた。白い光に包まれたそれは、人間と同じくらい大きな埴輪であった。土塊を焼いて作られたはずのそれらは、動いている。ぎこちないところはない。人間より遥かに素早く、力強い動きだ。

本来であれば。

だが、いまの彼らは、黒い触手に捕えられていた。水中からのびあがった触手に中空へ持ちあげられ、埴輪兵はその太い手足をぶざまにふりまわしている。

埴輪兵こそが、湖底から水面へと、躍りあがって、茜を倒すはずであったのに。

湖中で触手に追われ、逃げかわして茜に迫ろうとしたが、かなわなかったのだ。

彼ら埴輪兵は、千年以上も昔、この列島に栄え、邪馬台《やまたい》と呼ばれた国を守るため、さらに太古の秘術をもって作りあげられた、土塊の兵士だ。

邪悪な気配を察知して、自動的に襲いかかるよう、宿らせた疑似的な魂に刻んである。

この埴輪兵がいればこそ、諏訪の大地は、魔界戦国においても、知恵なき魔物程度からは守られてきた。

それを、大介の父らが、戦に使おうとしたのだが、うまくはゆかず、このような動く人形《ヒトガタ》を生み出す知識を調べた後は、この諏訪湖で、ふたたび眠らせていたのである。

覚醒の術《すべ》は、父から大介にのみ伝えられた。

甚八との戦いを終え、最後の力をふりしぼって、こちらへ、諏訪湖へたどりつけるように風を吹かせたのは、ここにこれが眠っていたからだ。

けれど。

この地に攻め寄せた幾多の魔物を撃退し、邪霊に憑《つ》かれて暴れる竜すら滅ぼした埴輪兵たちが、いまは全く動けないでいた。

暗黒の触手に胴体をしっかりと捕えられている。埴輪兵たちは、土の剣をふりあげ、何度も叩きつけているが、びくともしない。剣は、ただの素焼きなどではない。周囲を包む光は、破魔の聖力を秘めており、古今のどのような銘刀にも勝る切れ味を発揮する。埴輪兵の中には、雷撃を放つ杖《つえ》を持つものもあった。だが、こちらの武器も、彼らを捕える触手には通じない。

ぎりぎりと締めあげられ、ついに埴輪兵の一体が砕け散った。

埴輪兵を捕えた暗黒の触手は、蛸の触腕にも、蛇の尾にも、蚯蚓の胴体にも、毒汁をしたたらせる蔦《つた》にも似ている。そのどれよりも力強く、そのどれよりも表面がねっとりしており、そのどれよりもおぞましく、血管のようなふくらみがあちこちを走り、脈動している。黒く長大な男根のようでもあった。

「ううん、もうちょっと頑丈だと思ったのですけど、兄さま？　わたしの可愛い疑似異具《ギジーグ》の胴締めにも耐えられないようじゃ、あたしたちの魔界戦国取りにはまだまだ使えないよ。ほら、こんなのじゃ」

またも音を立てて、埴輪兵が砕けた。

茜が疑似異具と呼んだ触手はすべて、茜の足下、豪勢な衣の奥から生え出ているように見える。一体化しているのかもしれない。

時には闇に溶けて視覚から消え、繊細な動きも可能で、柔軟でどのような隙間にも入りこみ、かつ剛力を発する。

この触手こそが、木々を押しのけて茜を走らせていた秘密だった。疑似異具の名の通り、あらゆる器官を疑似的に真似て、異界の力を宿す道具なのだろう。

暴れる触手たちも、おそらくはこの亜種だ。

むろん、大介は、高揚する茜の魂が、闇に染まった天空から、無数の疑似異具亜種を降らせたことなど知らない。当の茜さえ、気づいていないかもしれない。これは彼女にとっては、単なる生理現象のようなものだ。

茜は気づいたところで意に介さないだろう。

これぞ神威。いまだ十幽鬼が到達しえていない脅威。

しかし大介は、空から降る邪悪に気づかぬままであっても、一刻でも早く妹を斃《たお》さねば、とてつもなく悪いことが起こるだろうと感じていた。

眼帯の奥が、うずいていたからだ。

「兄さまの切り札がこれだけなら、そろそろ一緒に来てね」

埴輪兵を握りつぶした触手、疑似異具が、そろそろと大介へ近づいてきた。

「兄さまが、まだ素直になってくれないなら、殺してから産みなおしてあげる。兄さまも神を宿した十二人めなら、怖がらなくても大丈夫。そうでないなら、十二人めにしたげる」

茜は、自分の股間と胸を揉みしだいた。先ほどの指ねぶりと違い、今度はさほどの淫蕩《いんとう》さも感じられない。体型が、子供のままだからだろうか。不道徳で不健全なのは、さらに度合いを増してはいるけれど。

茜は、平らなおのれの腹を、くるんと撫《な》でた。

「いま、ここには、兄さまが殺した甚八がいるから、胎内《なか》で喧嘩《けんか》しちゃダメよ」

彼女が言った時、疑似異具の触手が、大介の左右に達した。

いにしえの秘術を宿した、埴輪兵の光の剣でも刃が立たなかった化け物だ。大介は、おのれの長剣を手にしたが、とうてい通用するとも思えない。

だが、彼は観念などしていない。

「悪いがな、茜。おまえがいかに望んでも、俺は死んでやれぬ。甚八相手でも死ねなかったのに、おまえ相手で死んでは、ふさわしい死に場所とはいえん。あいつで、たったのこれ一本だぞ」

大介は、添え木をあてた左腕を動かし、顔をしかめた。

疑似異具が、大介に触れる直前で止まる。

埴輪兵を次々に破壊しながら、湖面を波立たせて、茜が近づいてきた。

大介から数歩、もうほんの少しで上陸してしまう、というところで止まる。全ての疑似異具が、全ての埴輪兵を破壊し終えて、大介のまわりを囲んだ。

「兄さまの、そういう強がりが、だぁいすき。苦しませたり痛がらせたりしたら、兄さまは耐えちゃうんでしょうけど、気持ちよくなりすぎて死ぬなら、どうかしら。……ああ、考えただけで、わたしが気持ちよくなっちゃう」

触手の何本かが、びくんびくんと痙攣《けいれん》する。

大介は、ほとほとあきれ返った、という顔つきで言った。

「まったく情けないぞ、兄は。一度死んだくらいで、俺がどういう男か忘れたか。、何の見通しもなく、ただ強がるような男だとでも思うのか？」

大介の声は平静なものだった。

言い終ると同時に、茜の背後で、湖面が高々と盛り上がった。

小さな城の天守閣ほどはあるだろうか。

水が、無数の滝になって流れ落ち、落ちた湖面から霧のような水しぶきがあがって、茜を包みこんだ。

「なに？　これって……っ。あら、やだ」

ふりかえって、さすがの茜も絶句した。

水が、埴輪兵の姿を取っていた。これまで茜の疑似異具が握りつぶしてきた物に数十倍する巨大な埴輪兵が、そこに出現していたのだ。その素材は水でしかないが、圧倒的な大きさだった。

「すべての埴輪兵が滅んだ時、水に溶けこんだ最後の兵《つわもの》があらわれる。そういう言い伝えであった。もったいなくて、これまで試せなかったが。兵を使いこなすのが、真田の道ぞ。忘れるな、茜」

兄が、妹に家訓を説いたその時に、剣の形をした怒涛《どとう》が、茜に向かってなだれ落ちた。

妖魅邪怪を、もと来た魔界へと押し流す、諏訪の神霊力がこもった流れだ。

白い泡をともなった膨大な水が、神霊の剣となって茜を飲みこもうとする。

大介に迫っていた疑似異具が引き戻され、彼女を包みこもうとした。

聖邪がぶつかりあい、互いの力がはじけとんだ。爆発にも似た震動と衝撃が、諏訪湖をゆるがせた。

大介は、とっさに左手で眼帯を覆った。その奥に封じられたものが、広がってきた力に応えて荒れ狂い、うずくような痛みを彼の全身に広げる。

それに耐えかねて、大介は一瞬、無事なもうひとつの目も閉じた。

彼が目を開いた時、そこには静かな湖面が広がっていた。

神霊力が生んだ、巨大な埴輪兵の姿は、もうどこにもない。先ほどの一撃で力を使い果たしたのだろう。いや、使い果たさせられたのだろう。

そして茜は、ずたずたに引き裂かれていた。

衣だけがずたずたに引き裂かれていた。

いや、疑似異具も何本か失われてはいるようだ。

「兄さま、いまのは本当におもしろかった。痛いけれど、痛ければ痛いほど、わたしには気持ちよかったわあ」

裸体があらわになると、疑似異具がどこからどう生えているのか、よくわかった。

顔だちは少女だ。華奢な首と肩も少女だ。先端が桜色の、こぶりな乳房も少女だ。平らな腹部と、ちんまりとしたへそも。

その下が、うねうねと動く、疑似異具のかたまり。

何本かひきちぎれたが、そのうごめく塊の奥から、じわじわ生え伸びてきつつある。

茜は、まだいくらか肌に貼りついていた衣の残骸を、疑似異具でつまみとって捨てた。

湖面に落ちるまでに、はらはらと粉と砕けて散ってしまう。あれも、ふつうの布ではなかったのだろう。邪悪な魔力がこもった、霊的防御の術衣であったに違いない。だから神霊力で砕け、そして本体を守ったのだ。

茜は、頬を染めて微笑んだ。

少女が、はにかんでいる笑みだ。

「ふふふふ、裸を見せるのって、いつ以来かな、兄さま。いいのよ、恥ずかしくなんてない。産みなおした後で見せたかったし、兄さまを孕《はら》みなおす時は、内側からだって見られるのだもの」

「いい加減、はしたないこと言うのをやめぬか、茜」

妹をたしなめる兄の声で言って。

大介が動いた。

眼帯の文様が、輝いた。

この時を、彼は待っていたのだ。

●6.●

時は、しばしさかのぼる。

大介と茜が、森の奥へと去った時、筧十蔵はにたりと笑った。

焔鬼が吐いた火炎は、まるっきり無駄であったわけではない。木々に燃え移った火のおかげで、闇がいささかではあるが駆逐されていた。

むろん、忍びである者たちは夜目が利くように鍛えてはあるが、この妖異の闇中《あんちゅう》では、幽鬼である筧十蔵のほうが圧倒的に有利であろう。

もっとも、いくらか明るくなったくらいで、超加速が見切れるわけでもない、と十蔵は考えていた。自信満々で、だから笑った。

他者を嘲弄し、舐めてかかる。それもまた、彼がこの世に死に還った時に背負った業である。彼は何もかもを『揶揄』せずにはいられないのだ。

自分の思いをこめなくても、彼の舌は、勝手にひらひらと動いた。

「で、誰から死ぬ？　じゃなかった、無力にしなきゃいけないんだっけな、姫さん」

「無力というのがどういうことかを、勝手に決めこまれては困りますけれどね」

千姫が、念を押そうとした時にはもう、筧十蔵の姿は、焔鬼のかたわらから消えていた。

だが、次の瞬間に現れたのは、誰の背後でもかたわらでもなかった。

四貫目の右、五歩あまりの位置だ。

わずかによろけて、すぐに立ち直った。正確には、たたらを踏んで、一歩退がった。

十蔵は、四貫目を睨みつけた。

彼に阻まれたのだと、理解しているのだ。四貫目は、まったく動いていないのだが。

「おまえ、妙な術を使うねえ。けど、無理無理。その程度で、おいらは止められない」

へらへらと口もとは笑っているが、瞳は怒りに燃えている。十蔵の舌はそもそもが勝手に動く。本音であるとは限らない。

「重力操作が効果あるとは思わなかったですよ。あんた、加速してる最中は実体がないんだろうと思ってました。でなきゃ、摩擦か衝突でえらいことになるかと思って」

義足を青く輝かせながら、四貫目が言った。

おのれの能力の秘密を指摘されて、十蔵がかすかに眉を動かした。

「反論がないってことは、実体がない、だけは正解？　実体がないなら、途中で地面も蹴れないはずだから、最初に踏み出した方向にまっすぐ、歩くというより跳んでいるはずだと思ったわけですよ。正確に狙ったところに出てこれるのはたいしたもんですけど」

四貫目の、長広舌の推測は、ずばり核心をついたようだ。

だからこそ、筧十蔵は、へらへらと笑った。

「おいおい、やめろよ。人をからかうのは、おいらのやり方だ。そこは譲れねえ。なるほど、あんたに近づくと重くなるってわけか。確かに効いたさ。けど、たいした効き目じゃあ……ない」

十蔵は、ふたたび加速した。

最短距離を踏破して、四貫目の背後に。

そこに千姫がいる。鍛えていない彼女は、重みに耐えられない。加重された時は、四貫目によりかかっているのを見ている。その身が十倍近く重くなっており、呼吸するのも精一杯のようすだった。

超高速で移動して風景が流れる。十蔵にも捉えきれないが、そもそも変化があるほどの時はすぎていないはずだった。

だが、十蔵が、加速を終えてふたたび実体を持った時、彼が見たのは、超重力に苦しむ顔すら色っぽい千姫ではなく、飄々《ひょうひょう》として薄笑いを浮かべ、彼を見ている四貫目の顔だった。四貫目の手が動いた。銀光がほとばしる。手裏剣だ。

ごくごく至近の間合い。

十蔵が得意とする柔の技は、四貫目の手裏剣より有利なはずだったが、驚愕が反応を遅らせた。攻めるより前に、逃げることを考えてしまう。

地面を蹴って加速。姿を消して、重力の圏外へ逃れ出る。

ふたたび実体化してから、十蔵はおのれの類の痛みに気づいた。かわしきれなかったらしい。

その愕然とした表情に向けて、今度は四貫目が、侮蔑たっぷりの笑みを向けた。

「おいおい、まさか次の出方が読まれないと思ってたわけじゃないよね。仕掛けを見破られて、そのまま通用するわけないでしょ」

四貫目の仕掛けた高重力圏に入った瞬間、十蔵の速度が遅くなった。

常人なら、やはり目にもとまらぬ速度であろうが、動きだしたおりの角度を精密に測っておけば、十蔵が現れる位置を予測して、そちらを向いておけるくらいの時間は稼げる。

ただ、四貫目の、一連の挑発の言葉は、ある意味、熟練の忍びらしくないものだった。

敵の手の内を掴んだのであれば、それを悟らせぬように利用するのが、本来の忍びのやりようであるはずなのだが。

四貫目は、あえてそれを知らせた。

手の内がバレたからといって、萎縮したり逃亡したりするような相手ではないのにだ。

むろんそこには、もうひとつ計算がある。

「これでもう、後ろに回るのは無理だってことですよ。正面から仕掛けて、はたして私らに勝てますかね、筧十蔵さん？」

もちろん、誇張である。

これによって十蔵が、これから自分がどう動くべきか、いかような策を考えるのかを、誘導しようというのだ。

と、十蔵もわかってはいただろうが、おのれの舌が動くのは止められない。

「ああ、もちろんわかっていたともさ。試しただけだよ、おまえさんが動けるのかどうか」

人は、頭で考えて喋《しゃべ》るのではなく、舌が動いて考えを頭に送りこんでくるのだ、と言ったのは魔界の王の一人であったという。挑発によって人間を動かす極意について、誘惑の魔女に教えていた時の言葉であるそうだ。

筧十蔵、神を宿していても、まだ人であるところが残っていたか。

こう続けた。

「おまえの重さを与える結界、張っている間、自分も動けないようじゃないか。つまり守れるのは、自分だけってことだ。いま近くにいなければ、守りにやってこようにも間に合わない」

自分で見つけた、四貫目の弱点。

そう思って、筧十蔵は、おのれの勝ちを信じた。奢《おご》った。

手伝ってくれと言われつつ、どうすればいいのか策を見いだせぬまま、焔鬼が歯噛みをしているのも、彼を図に乗らせた。

「こうすれば、どうなるかなァ？」

筧十蔵は、瞬時に移動した。

まだ起き上がれずにいる、あとらのすぐかたわらだ。

あとらは、無事な腕で支えてかろうじて半身を起こした。彼女の手を、十蔵が蹴り払う。

「……貴様っ！」

怒りを満面にこめて、あとらは十蔵を見上げた。だが、蜘蛛糸は飛ばず、傷ついたあとらは、反撃の術もないように見えた。

「いい顔だなあ。そういう顔する女の子、とっても大好きぃ」

十蔵は、あとらの後頭部を踏みつけた。

彼女の顔を地面にめりこませる。

千姫が、冷ややかな目を向けるのを、十蔵は、少し戸惑いつつ迎えた。もっと怒るか、それともあとらの命乞いをするだろうと思っていたのだ。

彼女を動揺させたい、逆上させたいという衝動が、十蔵を動かした。

「勝負の決まりだから、殺しはしないけどね。たとえば、こんなのはどうよ」

筧十蔵は、はじめて刃を手にした。腰に、飾りのようにたばさんでいた刀をひらめかせる。あとらの忍び装束が、細切れになって宙に散った。

「おのれっ」

裸体をさらされたあとらが、丸くなってうずくまった。

「なんということを！」

千姫が声をあげる。いつも優しげな顔が、怒りに歪んでいた。

「あははは、それそれ！　そういう顔が見たかったんだよねえ」

と、満足を覚えて、裸身となったあとらを見下ろして……そこで、十蔵は、彼女の背にあるものに気がついた。

「おまえ、それは刺青《いれずみ》……じゃあないよな？　なんだそれ？　かっこつけかなんかかよ」

十蔵は、ぷぷぷっと、わざとらしく噴き出してみせた。

それを見た瞬間、ぞっと戦慄を覚えたことを、自身に認めないために、である。

あとらの真っ白な背中いっぱいに、一匹の、二次元の蜘蛛がうごめいていた。

平面であるが、それは間違いなく生きていた。

「一族の守り神……見たものは必ず殺さねばならぬ」

うずくまって身体の前面を隠し、あとらが囁くように言った。真っ白い肌が、羞恥に見る見る赤く染まってゆく。

「ははは、絵に描いた蜘蛛に何ができる」

嘲笑《わら》ってはみせたが、なぜか見ているだけで怯えが背筋を這いあがってくる。

一旦、離れるべきか。次はまたあの大男を揶揄《からか》うべきか。

と、筧十蔵は考えた。けれど、その思考を打ち消す挑発のように、千姫からの必死な叫びが彼の耳に届いた。

「よしなさい！　あとらにそれ以上触れてごらんなさい！　わたくしが豊臣の黄金塊について何を知っていても、決して教えません。茜にも従いません！」

もっとこの叫びを聞きたい。

そういう衝動が、筧十蔵を滾《たぎ》らせた。

「わかったわかった。この娘さんにはさわりはしませんって。けど、こっちに祟《たた》る蜘蛛の神さんは怖すぎてどうしようもなくってねえ」

筧十蔵は、刃をふりあげて、千姫を見た。

こちらを見る、怯えた顔つきが背筋をぞくぞくさせた。先ほどの、逃げ出したいような怯えはその喜びに消されていた。緑の衣の、火を噴く忍者が、じりじりと間合いを詰めているのはわかっていたが、この自分を捕まえられるわけがないと、わかっていた。

「ああ、怖い。怖くて止められないから、おいらのせいじゃないなあああああ！」

悪意で、人を傷つける、衝動だけで動く子供のふるまいだった。いつかそれが自分の足をすくうと十蔵にもわかってはいたが、死に還る代償が、この種の衝動、すなわち「業」を抱えることだったのだ。

自分の能力への過信もあった。

「見せてあげるよ、本当の十幽鬼の力。甚八が使いそこねた、神威ってやつを。今だったら、できる気がすんだよね」

十蔵の、かかとにある翼が、超高速で震動した。

「なんだっ！　何が起きた⁉」

さすがの四貫目が、驚愕の叫びをあげる。

「これが」

「これが」

「これが」

「神威だ！！！！」

前後左右上下、東西南北天地無限。そこらすべてに十蔵がいた。

いまの十蔵ではまだ、その力が使えるのは、ほんの一瞬である。超高速の移動を、自在に操り、移動しては止まり、移動しては止まりを繰り返す。

超高速による残像ですらない。実体がある、分身だ。

「まさか！　四つ分け身くらいならともかく」

その瞬間に出現していた十蔵の数、およそ四千。茜がふりそそがせた魔怪の化け物があらわれた村々に、十蔵がいた。

無数の十蔵が、一斉に刃をふりおろした。

もちろん、本当は、たった一人がひとふりをふりおろしたにすぎない。

だが、そのひとふりで、数百の人間が同時に死んだ。神威さえ、常時発動できれば、十蔵は、たった一人で数万の軍勢を屠《ほふ》れる。

「茜さまの力が増している今なら！」

数百人を殺して、その命を吸って、十蔵は神威を使ってズタズタになりかけている身体をつなぎとめた。使う必要など、なかった。面白いから使った。

そのほうが面白いと思ったので、苦悩させるため、千姫と四貫目を殺すのは後回しにした。焔鬼は、最初から眼中にない。

「死ねっ！」

数百人と、時をずらして、あとらに切っ先を突き入れる。女は、犯すより殺すのが快い。切っ先が、ずぶりと蜘蛛にめりこんだ。興奮していた。

蜘蛛に、だ。あとらにではない。彼女の肌に貼りついているものでしかないはずの蜘蛛は、異様な手ごたえで刃をずぶずぶと呑みこんでいった。

人を刺し殺したことは何度もある。生前は嫌いだった。死に還ってから、刺すのは好きになった。泣き叫ばれたり、怖がられたりすれば、刺すだけで快楽のきわみに達することさえあった。

だが、これはその快楽とは違う。人の臓腑の手ごたえはよく知っている。このように、まとわりつきしぼりあげ、どこまでもひきずりこまれる感覚では、ない。

動きが止まっていた。四千人いた十蔵が、一人に戻っている。

「おのれら、これはっ！」

瞬時に悟った。

全て、この時のためだったのだと。彼が、罠《わな》の疑いを捨てて、この奇怪な蜘蛛を刺し貫くように、総がかりで誘導されたのだ、と。

あとらの口もとから、ごくごく細い糸が延びているのは、いかに暗闇になれた十幽鬼といえど、見抜けなかった。声を伝えるその糸が、あとらの口から四貫目に、千姫に、そして焔鬼の耳にまで伸びていることを見抜けなかった。

既に、筧十蔵の視界は、真っ白なものに塞がれている。

超高速で動きはじめてしまった十蔵を捕まえることなど、誰にもできない。

だが、動きはじめる前ならば、四方八方上下左右、すべてから囲めば、捕えることもできた。この糸は、十蔵自身が刺した傷口から、どっとあふれ出てきたものだ。

無限に続くかのような、あとらの蜘蛛糸の源泉こそがこれであった。土蜘蛛衆を支えた、蜘蛛の祖霊が彼女の身に宿る。祖霊自ら放った、霊力を帯びた糸は、悪神の気配をたどりその要をがんじがらめに封じた。

筧十蔵は、ギリシャの神ヘルメスの力を宿している。他の十幽鬼たちと違い、見た目で異常だとわかる点はただ一つ。左右のかかとに生えた、一対ずつの小さな白い翼だ。

土蜘蛛の神糸は、それを真っ先にくるんで、封じた。もう地面を蹴って、非実体化し、加速することはできない。その一点だけは、まだ見抜かれていないつもりだったが、甘かったようだ。

そのまま、十蔵全体をくるむ。巨大な繭のようなものができあがった。

「我らが守護神は、おのれが殺されかけた時に、護身の糸を吐く。奢りたかぶった貴様の負けだ。焔鬼どの、とどめを頼む」

という、あとらの声を、繭ごしに聞きながら、十蔵は覚悟を決めていた。なに、また死に還るだけだ。そのためには、さらに人らしい心も姿も失うだろうが、まず真っ先に失ったのは、それを悲しむ心であった。

「雄々《おお》狗《く》忍法、火炎消滅！」

はじめて術の名を唱えて、これまで最高の熱量を帯びた焔を、糸のわずかな隙間から噴きこんできた。

（……茜さま、またそのおン胎《はら》、御借《おか》りいたしますぞ）

灼熱《しやくねつ》がその思念ごと、十蔵の肉体を焼き尽くした。

彼の魂、神力は滅びる肉体から抜けた。目には見えぬ力のかたまりが、よろよろと茜を目指して飛ぶ。

繭の内側で、十蔵が考えていたそれらのことどもなど、外にいたあとらや四貫目たちには、わかりようもない。触手の塊が、いつの間にか消えていたことにも、気づく余裕はなかった。

「死におった、本当に死におったのか?」

まだ怯えの色を浮かべながら、誰にともなく焔鬼は問いかけた。

「さて、どうだか。肉体を失ったのは確かでしょうけどもね」

顔をしかめて、四貫目が言った。彼の背には、千姫がもたれかかっている。数倍の重力という負荷を受け続けていたのだ。並みの女性なら、いつ気を失ってもおかしくない。何より、大切に思うあとらが刺されるように誘導するのは、精神を削った。いくら、あとら自身が頼んできたとはいうものの。

呼吸を整えた千姫は、かすかに涙を浮かべた眼で、あとらを見た。

「自分を刺させろなんて、もう二度と言わないでくださいね、あとら」

「申し訳ございません、姫さま。あとらの貧しい頭では、他の手段を思いつかず……」

うなだれる彼女に、ふわりと緑の衣が投げかけられた。

「死んだやつのだが、気味悪くなければ使うがいい」

焔鬼が、裸身が目に入らぬよう、顔をそむけながら言った。

「気味悪くなど思うものか！　ありがたく使わせてもらう。かたじけない」

不自由な腕を含めて、蜘蛛糸で固定して、なんとか体裁をつくろった。

「ところで、私らも守り神を見ちゃったんですけど、やっぱり殺されるのですかね」

四貫目が、筧十蔵とあまり差のない冗句を口にした時だ。

湖で、巨大な水柱がそびえたつのが、森の中にいる四人にも見えた。

「あれは、大介どのですね。参りましょう」

足もともふらついている千姫が言った。

四貫目と焔鬼が顔を見合わせる。

「あ、こら、何をする」

抗議にかまわず、焔鬼が、あとらをすくいあげた。四貫目は、千姫を抱きかかえる。

その彼らの前に、巨大な触手の塊が、立ちはだかった。

「……いたっけねえ、こういうのも」

うんざりした声で、四貫目が言った。

四人の手助けは、どうにも間に合いそうにない。

● 7. ●

「ああああ、すごい。すごいわ、兄さま。奥まで、奥まで届いてるわあああああ。こうして欲しかったの。ずっとこうして」

「下品な冗談はやめぬか、茜！」

大介の刃が、茜の腹部を貫いていた。

彼らはともに空中にある。茜の身を支えているのは、湖中へとさしのべられ、あるいは湖底まで届いているかもしれぬ疑似異具である。大介を支えているのは、風であった。光をともなう、風であった。

風は、彼を守ってもいる。背後左右から迫りくる、槍のごとく尖った触手が、風に触れるとほろほろと崩れてゆくのだ。

「あら、半分は本当だわ。あたしはずっと兄さまに貫いて欲しかったの。この剣じゃないほうがよかったけれど」

そう言って茜が浮かべた笑みは、淫猥ではあったが妖艶ではなかった。

淫らな遊びを覚えて自制のきかぬ、子供のそれだ。

快楽だけを求めて、それ以外を知らぬ。

「いま、ここできっぱりと兄妹の縁を切りとうなってきた」

「そうしてくださいな、兄さま。さすればほら、あたしたちは兄でも妹でもなく、堂々と結ばれます。ああ、嬉しい」

本気だと声音でわかる返答を耳にして、うぬっ、と大介は唸った。いやはやどうにも会話が噛みあわぬ。

もはやこれまで、と大介も、右半面ですら感じている。左半面は、とっくに猛《たけ》っている。魔性もきわまってしまったこの妹を、五体バラバラにまで切り刻みたいのだ。

だが、それはできない。

刃が抜けないのだ。

埴輪兵も、水の巨大埴輪兵も、妹の十重二十重《とえはたえ》の守りを崩すためのものだった。はじめて見た瞬間から、かつて妹であったこの存在が、恐ろしく強いことはわかっていた。真田秘蔵の切り札を使い捨てて、ようやく作った髪の毛ひとすじほどの隙。

その隙を逃さず、風を竜巻として我が身を空へ投げあげた。疑似異具がさえぎるのを、意表をついた動きですり抜けて、妹の直前まで飛翔《ひしょう》した。

むろん飛び続けることはできないが、届けば十分だ。

茜の首を刈ろうとふるった剣であったのだが、切っ先が向かうその前に、茜が我と我が身を投げだしてくるというのは、予想の外だ。胴を犠牲に首を守る。化け物でなければ、やらない防御だ。

剣は、茜のへそから背中を貫いた。

そのまま、抜けなくなっている。

「いいわ、兄さま。そのまま頑張っていて」

刃をねじろうと、上下にふろうと、左右にえぐろうと、ぎゅっと締まった肉壺《にくつぼ》となって、妹の腹は彼を離さない。

ふたたび間合いをとることもできず、剣から手を放すわけにもいかない。凪はいま、疑似異具を防ぐのに精一杯だ。大介を支え、やんわりと落とす余力はない。

「我慢比べなら、得意だったでしょ、あたし。兄さまが辛抱できなくなるまで待って、それからゆっくり取りこんで孕み直してあげる。それからあと一人。十三人そろえば、世の中を魔界に戻せる」

「魔界戦国の再来……やはりおまえは、あの魔女に憑かれておったのか！　魔王信長の姪《めい》……大魔女たる淀《よど》の方に！」

片方の手だけで剣の柄を握り、身体を支えて、大介は左手で棒手裏剣を抜いた。

ごく至近距離から、茜の顔めがけて放ってみる。

「十幽鬼とおまえをあわせて十一人。俺が十二人めか。ありえぬ話だな」

容赦のなさで言えば、幽鬼となったかつての仲間たちよりも、一枚上手と言っていいかもしれない。

右目と左頬、そして喉に太い棒手裏剣を突き刺して、嬉しそうに茜が笑った。

「また、兄さまに貫いていただけちゃった」

それから、茜の顔の肉が動いて、棒手裏剣をはじき出した。

大介が放った武器が、大介を襲う。

一本は掴みとり、一本はかわし、あと一本は肩に刺さった。痛そうな顔もせず、妹を問い詰めながら、握った一本を妹の左乳房の下あたりから突き上げようとする。茜が、自前の手でそれをふせいだ。

「兄さまが吹かせるこの風も、どこかの悪神の力だよね。あたしの中に住んでいる、大いなる森の女神シュブ＝ニグラスもそう言っているもの」

妹が宿した神の名は、大介も初耳だった。天竺《てんじく》やらアステカやらケルトやらの神々の眷《けん》属《ぞく》までも、魔界戦国の日本には入りこんできていたが、いったいこれはどの国の神だ。名の響きさえ、どこの国の言葉にも似ない。

敵の正体がわからぬなら、こちらの正体を教える必要はない。

必要ならば、ないのではあるが。

「この風は、悪しき神などではない」

大介は、確信をこめていった。

「秀頼さまからお預かりしたものだ。決めつけるのは勝手だが、後はほうっておけ！」

握った手裏剣を押し返す、茜の力をすいっとそらして、ついに大介は、人間ならば心の臓がある場所に、棒手裏剣を突き刺した。

手ごたえは、ない。

いや、何かがものすごい力で、棒手裏剣を大介の手からもぎとり、茜の中へ吸いこんでいった。次の刹那、左乳首の先から、飛び出してきた。

「応ッ！」

とっさに気合いを放ち、身をそらす。胸に刺さったが、浅い。急所でもない。

「だんだんだんだん、あたしの孕み直しに近づいているね。兄さま」

つまり、死が近づいているということだ。

「そうか、兄さまは、自分に宿っているものが何かわかってないのか。でも、これは秀頼なんかの力じゃない。もっと、すごいもの。ちゃんと使おうよ。父上だってお祖父《じい》さまだって、力をふるう場が欲しいってずっと言っていたじゃない。あたしなら、あげられるのに、兄さま」

茜の顔が近づいてきた。黒い舌が、大介の顔を舐める。

大介は、もう一度、両手を使って剣にしがみついた。突き刺さった手裏剣の痛みで、片方の腕だけでは落ちそうになっていたからだ。

「そうだったな、茜。だが、おまえの知らない十年の間に、俺はさんざん力をふるってきた。あとはもう、最後に秀頼さまから頼まれたことをやる気力しか残っておらんのだ」

「いったい、それは何なの？　あたしが手伝ってあげるわよ」

茜の息がかかった。甘い匂いで頭がくらくらとした。

光る風も、縮み始めている、もうすぐ、疑似異具は、大介の身体に届くだろう。

「まずひとつは豊臣家が隠した黄金塊を封じることだ」

「ううん、世の中を魔界に戻すには、あれはどうしても欲しいんだけど……兄さまがどうしてもというなら、代わりを考えてもいいよ。で、もうひとつは何なの？」

「……ふさわしい死に場所を見つけることだ」

顔をそむけて大介は答えた。

「はああ？」

蓮《はす》っ葉《ぱ》な、場末の女のように下品な声を茜があげた。

「死に場所？　それこそ、今じゃない。ふさわしい死に場所、あたしがこれから何度だって与えてあげるのに！」

「違うのだ、茜」

と、大介が応じたその時だ。

ふわふわと、頼りなく飛んできた、真っ黒な塊があった。それは、時間をかけてようやくここにたどりついた、筧十蔵の魂核《こんかく》であった。

存在を感じとれたのは、茜だけであったろう。

「あら、十蔵さん？　やだ、殺されたの。ちょっと、兄さまとあわせて一度に三人の孕み直しはさすがにちょっと。待っててくれない」

だが、それを無視して、十蔵の魂はまっすぐ茜の股間を目指してくる。

彼女の中に迷いが生じた。いまはひとまず寛十蔵を取りこみ、兄は後回しにするべきではないか、という迷いだ。

大介には、茜が何を言っているのかの意味は、はっきりとはわからない。

だが、妹が仲間の斃れたことを感知したこと、そしてその滅びが彼女に迷いを生じさせたことは、わかった。

「なら、こうすればどうする、茜っ!」

とっさに大介は、我が身を捨てた。

捨てることによって、生を掴むために。

彼は、剣の柄から両手を放したのだ。そのまま後ろに倒れこむように落ちる。

「兄さま!?」

迷いのさなかに、さらなる迷いをつきつけられ、茜の中での複数の思考が、同時に身体を動かした。彼女の不幸は、思考が複数あってもそれぞれに対応して動き得る身体があったことだ。

ある疑似異具は、先ほどまでそうしようとしていたようにこれを好機と大介を殺しにかかった。別の疑似異具は、茜のとっさの感情に応じて、大介を守ろうとした。

茜の触手が、互いにぶつかりあい、もつれあった。

だが、茜本人はまず何よりも、大介を求めた。仲間のことなど、どうでもよかった。

兄を抱きとめた時、茜の腹部からするりと剣が抜けた。

「すまぬな、茜」

刹那、風が一点に集まった。これまでまわりを吹いていた風が、剣に集った。風が運んでいた光は、煌めく雫《しずく》だった。しぶきとなって消えたはずの、巨大な埴輪兵を形作っていた水だ。諏訪の神霊力の結晶だ。

その時、大介の左も右も、まったく同じ表情を浮かべていた。

風なき日の湖面のごとき、静かな顔。和魂《にぎみたま》と荒魂《あらみたま》が、統一されたその時。

神霊力を操ることが可能になった。

「やはり。兄さまも神威を……でも、でもその神威はいったいっ？」

茜が、何かを探ろうと目を見開いたその時に。

大介は、妹の、首を刈った。

鬼神斬首にして、貴人斬首刀。妹を、どちらと思うて斬ったやら。

「……あれ？」

ぽろりと落ちた茜の首から、そんな言葉がこぼれ出て。そして、彼女の腕から力が抜けた。見る見るうちに、その身が闇に溶けてゆく。

「兄さま……あたしもまた……産みなおしていただくだけ……なのよ……さまに」

「黒幕は内緒なのだろうが」

最後に残っていた頭だけが、かかえていた大介の手の中で、にこりと笑って崩れさった。

それまで、中空に浮かんだままでいた大介が、湖面へと落ちる。風には、ぎりぎりで彼を救う力しか残っていなかった。

大介が、湖面に叩きつけられ、しぶきがあがった。そのしぶきは、おさまらなかった。どんどんと広がった。どんどんと高くなった。諏訪湖にたたえられた、いにしえからの神の力が目覚めて、おのれの頭上を侵した闇に、猛り、討ちかかったのだ。

天空めがけて、諏訪湖の水が雪崩《なだ》れあがってゆく。

それを、ただそこだけは静かな中心に、大の字になって浮かびながら大介は見つめていた。闇が晴れて、ふたたび太陽が戻ってくる。

「茜、もうひとつ教えておく。秀頼さまは、俺にふさわしい死に場所を探せと仰せだったがな、実はどういうのがふさわしいかも、教えてくださっていたのだ」

そこで、大介は少年のような、はにかみの表情を浮かべた。

「俺は、長年つれそい年老いた妻と、三人の子供と、十人の孫と、二十人のひ孫に囲まれて、みなの泣き笑いで送られるのがふさわしい死に方なのだそうだ。だからな、それをかなえるために、いまさら魔界戦国など取り戻すと言われても困るのだよ」

大介は、ゆっくりと目を閉じた。

「こんな恥ずかしいこと、言えるものか」

それから、ゆっくりとその身体が沈みはじめた。泳ごうにも、力を使い果たして、まったく体が動かない。

空は、もう青く晴れ上がって、虹が出ている。茜が産み散らした疑似異具の亜種どもも、闇とともに、おのれが来た虚無へ還ったはずだ。この国は、ひとまず救われたようである。

数百、数千の命が失われたのに、間違いはないが。

「悪事を企《たくら》んだ肉親を誅《ちゅう》して逝《ゆ》く、というのも、なかなか俺にふさわしいと思うのですが、認めてはいただけませんか、秀頼さま」

ごぼり、と、清冽な水が大介を包んだ。

「この異変、我が配下が知らせてきたことと関わりがあるのでございましょうか、殿？」

緑の忍び衣をまとった、小柄な老人が言った。小柄と言っても身の丈だけのことだ。肉は分厚く、腕も指も太い。おそらく、魔界戦国のころにあらわれたドワーフの血を引くと見えた。

彼に呼びかけられたのは、身の丈六尺はあろうかという長身の男である。年の頃はもう初老を超えていそうだが、戦で鍛えたであろう体躯には、いささかの衰えもない。

みなりこそ平服ではあるが、乱世を生き抜いた武将の気迫が感じられた。

「間違いないぞ、天空斎《てんくうさい》。急げや急げ」

「急いでいるのはわたくしでございますわ、殿」

「おお、すまぬな、稲《いな》」

彼は騎乗していた。

馬にではない。馬の首あたりから、人の上半身が生えている、ケンタウロスもしくは人《ひと》馬《うま》と呼ばれる種族であった。女性である。人の部分は、やや年は重ねているが見目麗しく、それでいて馬体はたくましい。

魔界戦国の時代に、異界からこの信州にあらわれ、徳川家に仕えた名門から、この男に嫁いだ。以来、あらゆる戦場で夫の乗騎をつとめ、天下の女丈夫として知られている。

男は、大きく高い鼻を、くんと鳴らした。

「間違いない、間違いないぞ」

「何がでござりますか、殿」

かたわらを走る、小柄な老人が訊《たず》ねた。地面に届かんばかりの白髯《はくぜん》が高速の走行で後方にたなびいている。

「わからぬか、天空斎。この匂いが。十年ばかりも嗅いでおらなんだ臭いじゃが、わしには、はっきりとわかるぞ」

人馬の背にまたがる男が、眉間にしわを刻んだ。

大地の友たるドワーフでありながら天空斎とは、いささかズレた名のようでもあるが、天下の名人馬、小松姫《こまつひめ》こと稲と並んで走る脚は、確かに空を滑るがごとくだ。

こちらを見あげる天空斎に一瞥もくれず、武将はどんどんとその顔を曇らせていった。

「まちがいない。この先から、諏訪湖から、一族の匂いがしておる。鎮めた埴輪兵を揺り起こし、こんな騒ぎを起こすのはどう考えても信繁の血じゃ。ええい、まさかまだあやつらに迷惑をかけられるとは」

信州松代藩の領主、真田信之《のぶゆき》が唸った。

大介と茜の、伯父にあたる男である。

その瞳は、やんちゃな少年のごとく、楽しげにきらめいていた。

あとがき

ぬわはははははははははははははははははははははははは！

はじめまして、もしくは毎度ありがとうございます。

あとがきは高笑いで始めるのがお約束になっております、友野詳《とものしょう》と申します。今回、チャンバラものらしく、笑いはじめに「ぬ」をつけてみました。

思い起こせば「真田《さなだ》十幽鬼」という言霊が我がもとに下りてきたのは、必殺シリーズをモチーフにした『大活劇』というTRPGをちょこっとお手伝いしてたころなので……まあ二十世紀なのは間違いないです。なかなか時宜を得ませんでしたが、このたび『今年は某ドラマもあるし、いいんじゃないでしょうか』ということでノベルゼロさんに舞台をいただきました。企画の運命というのは、わからぬものです。粘ってみるもんですな。

主人公は剣豪ですが（ほんとか？）、メインヒロインの片方をのぞいて、あとの登場人物は敵も味方も大半が忍者なので、忍者もの、と呼んでよいかと思っています。

本編を読み終えた方からは、疑問の目を向けられている気もしますが。

忍者ですって忍者。

だって、忍者といえば、身体が改造されていたり、未来科学の超兵器を駆使したり、怪忍獣を操ったり、とりあえず術を使う時に「忍法」さえつけときゃいいと思ってるだろ的な超常のパワーを駆使するもんじゃないですか。ですよね？　でしょう？

3歳のおりに、当時テレビで放映されていた特撮時代劇『仮面の忍者赤影』によって、そのようにすりこまれております。そこにはじまって、小学生の時に、縁日の古本屋で出会った『伊賀《いが》の影丸』と『忍法十番勝負』と、そして、親父《おやじ》の本棚からこっそり持ちだした『江戸忍法帖』と『信玄忍法帖』（ともに山田風太郎）などなど。ううむ『忍風カムイ外伝』（アニメのほう）はいつ出会ったのだったか。

いえまあ、旧い話で恐縮ですが。

こういった傑作群によって忍者と言っておけば、たいがいの無茶《むちゃ》はありだろう、とは考えておったのですが、半端な無茶では、まだまだ先人と勝負にもなりません。

ですので考えた。わたくし、けっこう長いこと、妖怪ものとかファンタジーとかも書いておりますんで、このさい、全部ぶっこんでみようか、と。ゾンビとか。あ、こりゃホラーか。じゃあ、それもだ。

……ということで、お送りします、ジャバウォック。楽しんでいただければ幸いです。

友野〝みなさんが喜んでくだされば、魔界戦国のネタは色々ありますよ〟詳
２０１６年９月中旬

ジャバウォック

真田邪忍帖

NOVEL 0 ZERO
http://novel-zero.com/

発行	2016年10月31日　初版第一刷発行
著	友野詳
発行者	三坂泰二
発行所	株式会社KADOKAWA 〒102-8177 東京都千代田区富士見2-13-3 0570-002-301（カスタマーサポートナビダイヤル） http://www.kadokawa.co.jp/
印刷・製本	株式会社廣済堂

ISBN 978-4-04-256034-0 C0193

NOVEL
0
ZERO
定価 本体700円+税
無法の弁護人
Lawless Defender
Toru Shiwasu Presents
Illustrated by toi8
「法廷のペテン師」
師走トオル
illustrator toi8
「無実の罪を着せられた人々を救いたい――」
そんな理想に燃える新人弁護士の本多は、
初めての刑事裁判で苦戦を強いられていた。
やむを得ず彼が助力を求めたのは、「他人のウソを見破れる」と
うそぶく不敵な男、通称“悪魔の弁護人”だった――。
陰謀と策略だらけの究極の法廷劇、
堂々の登場!